外国剧作新选

丛书主编◎宫宝荣

上海戏剧学院外国戏剧研究中心/策划

只不过世界尽头

Juste la fin du monde

◆Jean-Luc LAGARCE◆

法国戏剧家拉戛尔斯剧作选

主编◎蔡燕

[法国]让-吕克·拉戛尔斯 著

蔡燕 宫宝荣 译

中国戏剧出版社

CHINA THEATRE PRESS

图书在版编目（CIP）数据

只不过世界尽头：法国戏剧家拉戛尔斯剧作选 / 蔡燕主编；蔡燕，宫宝荣译. — 北京：中国戏剧出版社，2021.2
（外国剧作新选/宫宝荣主编）
ISBN 978-7-104-05053-7

Ⅰ. ①只… Ⅱ. ①蔡… ②宫… Ⅲ. ①剧本－作品集－法国－现代 Ⅳ. ①I565.35

中国版本图书馆CIP数据核字(2020)第267968号

只不过世界尽头——法国戏剧家拉戛尔斯剧作选

责任编辑：肖 楠 齐 钰
责任印制：冯志强
校　　对：张爱华

出版发行：中国戏剧出版社
出 版 人：樊国宾
社　　址：北京市西城区天宁寺前街2号国家音乐产业基地L座
邮　　编：100055
网　　址：www.theatrebook.cn
电　　话：010－63381560（发行部） 010－63385980（总编室）
传　　真：010－63383910（发行部）

读者服务：010－63387810
邮购地址：北京市西城区天宁寺前街2号国家音乐产业基地L座

印　　刷：鑫海达（天津）印务有限公司
开　　本：787mm×1092mm1 / 16
印　　张：18.75
字　　数：298千字
版　　次：2021年2月 北京第1版第1次印刷
书　　号：ISBN 978-7-104-05053-7
定　　价：98.00 元

为世界戏剧之林培育坚实的根本

宫宝荣

日月如梭，此说不假。一晃，我们的外国戏剧研究中心已经成立将近10年，我们的“外国剧作新选”丛书亦已诞生5年有余。外国戏剧研究中心成立的宗旨之一，是系统翻译和出版当代外国优秀戏剧代表作，以“孕育一片世界戏剧之林”。迄今为止，丛书已经先后出版了《渴求》《迷失》《一种地狱》《戏剧的毒药》和《幽灵的困境》等英国、美国、瑞典、西班牙及拉丁美洲、非洲等国家和地区的当代戏剧代表作。虽然其中有的国内已经有过出版，但更多的是首次问世，例如后三本，分别填补了我国在这方面的空白，为国内戏剧界和学术界打开了一扇了解和研究当代世界各国戏剧的窗口。这个窗口虽然不是太大，但却是国内外同行交流不可或缺的所在。可以说，外国戏剧研究中心在“孕育一片世界戏剧之林”的道路上已经迈出了十分坚实的步伐。

也许有人会说，现在国际演出舞台已经进入了“后戏剧”时代，“剧场”已经取代了“戏剧”，剧本不仅不再是“一剧之本”，在一些人的创作中成为可有可无的鸡肋，在个别人那里甚至消失得无影踪。如此情形之下，我们岂不是在逆潮流而动、背时代而行？此说看似不错，其实不然。殊不知，“后戏剧”(post-drama) 也好，“剧场”（theatre）也好，本来既不与文本相互抵触，更不相互抵消。但如今在一些人的眼里，两者似乎成了水火不容的对立面，实在是一大误会。事实上，theatre 本来就是一个大概念，翻译成“戏剧”才是，而 drama 是个小概念，它只是指西方戏剧历史进程中某个阶段的戏剧样式而已。把它译成“剧场”的人士振振有词：因为 theatre 指的是“看的地方”，而 drama 则是指文学戏剧或剧本的概念。此话不假，但这是西文的问题。而在中文里，“戏剧”并不具有这种将“剧场”与“剧本”对立起来的涵义，相反地，是将所有相关元素都包含在其中。如果一定要强调“剧场”更突出演剧空间的话，那么试想一下，在这个词出现之前，当我们在说“戏剧”的时候，难道它不包括剧场吗？早在 20 世纪 80 年代，一些前辈已经提出了“大戏剧观”的概念，此时的“戏剧”不仅突破了文学，更突破了不同演出艺术的界限。再说，任何一部戏剧演出，任何一部剧本被搬上舞台的时候，不都是在剧场里进行，都要涉及时间、空间与舞美等“剧场”问题吗？不同的只是程度问题，而不是本质问题。

回到西方戏剧，广义而言，drama 只是指文艺复兴以来一种遵照传统定义创作的、以文学剧本为旨归的戏剧样式。狭义而言，它是指 18 世纪法国启蒙思想家和戏剧家狄德罗、博马舍等人鼓吹的资产阶级“正剧”。因此，一般而言，以 drama 作为“戏剧”代名词的国家往往是罗曼语系的国家，而像法国这样的拉丁语国家则历来都是以 theatre 来指称的。其实，从文艺复兴直到 19 世纪，各国在称呼剧本和演出时也不是笼而统之地叫 theatre，更多是以“悲剧”或“喜剧”命名，去看戏是具体地去“看一部悲剧”或“看一部喜剧”，甚至演员也是有“悲剧演员”或“喜剧演员”的行当之分的。在莫里哀死后，他的剧团便被命名为“法兰西喜剧院”而不是“法兰西剧院”，其中的道理是一样的。如今的法兰西喜剧院早不专演喜剧，但谁也不会去将这块金字招牌改成“法兰西剧院”。只不过，法国人去看戏时也不再说去看悲剧还是看喜剧，而只是说去看戏（Je vais au théâtre）。而就这一句，德国人的意思完全不同，这样也从一个侧面表明：即使是在西方，不同国家、不同语种和文化中的 theatre 的含义也并完全一致。

确实，西方戏剧在进入 20 世纪以来，尤其是 20 世纪下半叶之后，无论是观念上还是形式上都发生了根本性的转折。对当代西方的大致形式而言，国人通过观摩最近 10 年大量引进的国外原版演出，已经有了比较明确的认识。但就观念而言，情形远非如此，毕竟需要一定的积累。毋庸讳言的是，在目前阶段，不少人的认知还是比较混乱的，在 theatre 和 drama 的区别上尤其如此。就笔者在担任《戏剧艺术》主编工作中的观察，在一些港台学者或实践家以及大陆个别译作的影响下，将“剧场”与“戏剧”对立起来、“文学剧本”与“剧场演出”对立起来的大有人在。为此，学术界还经常会产生一些争论。之所以会产生这些矛盾，除了上述客观原因之外，在一定程度上还有学术界自身的因素。我们或受限于自身的经验，或满足于人云亦云，因而难免会得出不太科学的结论。事实上，早在20世纪40年代，我们的前辈已将theatre和drama两个概念理解得十分透彻。也许有人会说在当代“剧场”还没有出现的时候，前人自然无法预料这门艺术的未来。然而，如果我们认真思考的话，就会发现无论如何，“剧场”都是不应该也不能够取代“戏剧”而成为当代这门演出艺术的新名词。

主张西方当代戏剧应该由“剧场”所取代的最为主要的理由，无非是认为“剧场”艺术已经不再以文本为中心，而是以表演、空间、舞美甚至导演艺术为中心，其中的主人不再是剧作家，而是导演。其实，这也是一种似是而非的论点，传统戏剧虽然是以文本为中心，但是如果文本没有被搬上舞台，这些剧本也只能算作是“案头剧”，而不能称之为真正意义上的“戏剧作品”。所谓“戏剧作品”，必定是被搬上舞台、由演员当着观众之面在剧场空间里演绎呈现。当代“剧场”演出作品无论如何变化，无论剧本在其中所起作用的多寡，导演无论多么霸道，都没有改变也不可能改变它是一门由演员在有限的时间与空间里与观众一起完成的本质。而这些本质特点，难道不正是“戏剧”艺术与生俱来的特点吗？“剧场”艺术所具有的特点、它所运用的元素，可以说是任何时代、任何国家或地区的“戏剧”艺术都具有的特点和元素。也正因如此，将“剧场”看作“后戏剧”或取而代之的一门艺术显然难以站得住脚。更为客观的是，“戏剧”作为一门演出艺术永远都处在变化状态之中，它在各个国家或地区、各个时期的内涵与外延从来不是整齐划一的。当代欧美戏剧的变化，其实只是其历史长河中的一个阶段而已，正如音乐、美术、电影等也始终处于不断变化与发展之中，但却少有人提出什么“后音乐”“后美术”或“后电影”等过于吸人眼球的概念一样。

写了上述这么一大段，似乎有点离题。其实不然，因为厘清这些概念与我们的丛书编纂工作息息相关。如果真的以为在“后戏剧”时代剧作家及其剧本可以退出的话，那么我们又何必如此劳心费力呢？然而，我们认为的“后戏剧”也好，“剧场”也好，其实它们只是“戏剧”的变异而已的时候，情形便完全不同。当“剧场”艺术仍然是“戏剧”艺术的时候，包括文学在内的某些元素的比重、地位会有变化，甚至一度消失，但是它们都依然存在，隐性的或显性的。而在当代欧美导演中，即使在同一国度，不同人对待剧本的态度也是大相径庭的。安•维泰兹表示自己并不囿于现成的剧本，小说、随笔、历史文献等任何形式的文本都可以成为其导演工作的起点，而帕•谢侯在贝-玛•科尔代斯眼里则是一个真心实意为剧作家服务的罕见优秀导演。笔者注意到，凡是戏剧文学传统深厚的国家或地区，其导演艺术就显得相对保守，而文学剧本传统不那么源远流长的国家或地区，其导演就显得随意洒脱，在创作中对别人的文本就敢于大刀阔斧，这种解构重构使得剧本面目全非。这些导演在重创了传统文本的同时，也大大打击了当代剧作家们的创作热情，进而伤害到了戏剧本身。也因此，在戏剧历史悠久的法国，即使“导演戏剧”之风甚嚣尘上的时候，剧作家们也勇于纷纷反抗。米•维纳威尔坚持认为“剧本不可溶化”，而科尔代斯则相信导演这门职业在半个世纪之后必然消失。

面对如此纷争的世界，作为戏剧学的学者，我们并不认同导演将要消失的极端观点，但却十分赞成“剧本不可溶化”的中肯主张。半个多世纪的西欧戏剧实践表明，戏剧的形式已经今非昔比，戏剧的概念已经脱胎换骨，但戏剧的基本元素依然稳定如初。虽然“后现代戏剧”的鼻祖阿尔托认为言辞阻碍沟通、经典可以休矣，但其实他在自己的实践中并没有抛弃剧本与言辞，只是一些后人片面理解之后才将剧本弃如敝屣，或成为任意解构的对象。然而，几千年的西方戏剧历史告诉我们，真正能够经受住时间考验的其实依然只是剧本。没有剧本，我们就不可能了解古希腊戏剧是如何的辉煌；没有剧本，我们就不可能发现莎士比亚戏剧是何等的恢宏；没有剧本，我们就欣赏不到拉辛“戴着脚镣跳舞”的姿态是何等的优美；没有剧本，我们就品味不到易卜生的社会问题剧是何等的深刻；没有剧本，我们甚至无法把握现当代戏剧的蜕变；没有剧本，甚至所谓的“剧场”艺术也会成为无源之水、无根之木，有一半以上的作品完全不可能出现；没有剧本，戏剧将只是转瞬即逝的一次性“行为表演”而已……

正是基于以上信念，我们才如此孜孜不倦地翻译、编辑和出版这套丛书，以期以让国人能够有机会了解、认识和欣赏当代外国优秀戏剧，让大家能够发现当代世界戏剧并非像这些年见到的或以肢体表演为主、或以舞台画面为主、或以言辞音响为主的种种景象。相反，作为戏剧艺术中不可融的元素，优秀剧本依然存在。不仅各国文学家、戏剧家依然坚持创作剧本，而且无数导演也依然坚定地为剧作服务。我们也正是秉持同样的信念，始终不渝地坚持孕育着这一片世界戏剧之林。终有一天，一株株幼苗将长成一棵棵参天大树，一片片森林将形成一道道美丽无比的风景线……

（作者为法国巴黎第三大学戏剧学博士、上海戏剧学院教授、外国戏剧研究中心主任）

目 录

导　读

法国戏剧家让－吕克·拉戛尔斯及其剧作

一

若问20世纪下半期法国有影响的戏剧家有哪些，让－吕克·拉戛尔斯肯定位于其中，且名列前茅，而其生前好友、其剧作版权继承人弗朗索瓦·贝荷赫（François Berreur）则认为他是20世纪下半期数一数二的重要戏剧家之一。记得在其50周年诞辰的2007年，法国各地剧院几乎无处不在排演他的戏，这也被一些法国评论家称之为"拉戛尔斯现象"。

让－吕克·拉戛尔斯（Jean-Luc Lagarce, 1957—1995）英年早逝，去世时年仅38岁。他在生前默默无闻，其绝大多数剧作局限于法国外省上演，谁料到身后很快声名鹊起。在其短暂的一生中，拉戛尔斯的创作数量并不算少，计有戏剧25部、文集3部、歌剧脚本1部、影视作品2部和日记23本。随着他在国际上的影响与日俱增，其剧作已经被翻译成十多种文字并在世界各地上演。早在20世纪初，他的剧作在法国被搬演的频率就已排第三，仅次于莎士比亚和莫里哀。拉戛尔斯的剧作风格极其独特，完全摒弃了传统的讲故事、写人物的套路，不仅内容晦涩难懂，而且形式也不易把握，因而在其生前问津者甚少。1997年之前，拉戛尔斯的剧作总共只卖出了90本。令人匪夷所思的是，在他离开人世之后的4年期间，竟然售出25000多册！[①]

① 参见法国《快报》，2001年7月12日。

拉戛尔斯出身于法国东北部弗朗什-孔泰地区的一个普通家庭，父亲为当地标致汽车厂的工人，母亲一直在家当专职主妇，只是在其妹妹出生之后才随丈夫一起打工。如此的家庭背景，似乎很难将小拉戛尔斯与戏剧联系在一起，更不用说有意识地培养他成为职业戏剧家了。然而，法国是个有着悠久传统的戏剧大国，戏剧教育十分发达，不仅中小学教材中编入了大量的戏剧内容，而且还充分利用各种媒介传播戏剧艺术，以保证莫里哀的事业后继有人。小拉戛尔斯正是从当时法国电视台每周一次转播的戏剧节目中发现了戏剧的魅力，最终以戏剧为终身事业。高中毕业之后，拉戛尔斯离开家乡，只身到都省首府、雨果的故乡贝桑松，在弗朗什—孔泰大学学习哲学。专业学习之余，他又为了钟爱的艺术前往贝桑松戏剧学院学习表演。1977 年，还在读大学的拉戛尔斯与几个志趣相投的同学创建了一个小剧团。为了纪念其景仰的第二次世界大战后法国大众戏剧运动重要代表、阿维尼翁戏剧节创始人让·维拉尔（Jean Vilar），他们为剧团取名为“大篷车”①。从此，拉戛尔斯的生命便与戏剧艺术融为了一体。

和莫里哀一样，拉戛尔斯集写戏、演戏、导戏三者于一身，带着他的剧团浪迹天涯，不仅巡演于贝桑松周边地区，而且走遍了全法国。他是一位有着独特的戏剧理想和明确的艺术追求的戏剧家，因而整个身心都投入到了所热爱的事业之中。“大篷车”上演的剧目中既有欧洲经典戏剧家如莫里哀、哥尔多尼的传世之作，也有当代剧作家如贝克特、尤奈斯库等人的名剧。当然，上演最多的还是拉戛尔斯本人自编自导的作品。由于执着、敬业，更由于大胆创新，4 年之后剧团便被弗朗什-孔泰地区文化主管单位确定为“专业剧团”，从而能够得到固定的资助。这既标志了拉戛尔斯的努力获得了社会认可，更意味着他们不再“业余”，而是踏入了新的发展。更令人兴奋的是，他的剧本《克涅普夫人普鲁士东行纪》（*Le voyage de Madame Knipper vers la Prusse Orientale*，1980）于 1982 年首次被搬上了有着 300 多年历史的法兰西喜剧院的舞台。

---

①　维拉尔最初在家乡创建的剧团便取此名。

然而，就在拉戛尔斯的戏剧道路看似一帆风顺之际，1988年却传来了他被诊断为艾滋病毒携带者的消息。这无疑对其人生与创作产生了重大的影响，然而这并没有使他畏惧，更没有动摇他的戏剧信仰。他不仅没有中止创作活动，反而以加倍的精力投入其中。1990年，他向法国有关部门提出申请，获准前往柏林进行创作。在那里，他潜心创作了日后成为其代表作的剧本《只不过世界尽头》（*Juste la fin du monde*，又译《恰逢世界末日》等）。不难理解的是，被贴上“病毒携带者”的标签之后，拉戛尔斯的思想与创作均有了显著的变化。他原本有着坚实的哲学根底，本科和硕士阶段学的均是哲学（其硕士论文为《西方的戏剧与权力》），因而他不仅能够保持冷静，而且善于思辨，体现在创作中便是对人生所做更为深刻的思考。自20世纪90年代以来，正如《只不过世界尽头》一剧所透露的那样，孤独、出走、盼归、疾病和死亡日益成为其剧作的中心主题。而这些主题思想几乎贯串了拉戛尔斯之后的所有剧作，直至最后一部剧作，即逝世前不久完成的《远方故乡》（*Le Pays lointain*）。

虽然拉戛尔斯的剧作在其生前并没有获得读者和观众的重视，更没有得到当时那些重量级导演们的垂青，然而剧作家本人却对自己具有充分的信心，认为后世将还其公道。为了使自己的作品能够存世与传播，1992年他与好友弗朗索瓦·贝荷赫共同创办了一家出版社。他们为之命名为“不合时宜的孤独者”（Les Solitaires Intempestifs），主要出版拉戛尔斯及其他当代青年作家的作品。事实上，正如他所料的那样，在其逝世不到10年的时间，他已成为法国最受欢迎的当代剧作家之一，也是近几年来剧目上演最多的法国当代剧作家之一。

二

初次接触拉戛尔斯剧作的人，都难免感到无从理解，那些习惯了传统剧作的人则无可避免地会提出“这还是戏吗”的疑问。更保守的读者可能干脆将其弃之一旁，责问剧作家是否知道什么是剧本，竟然连起码的人物、冲突、悬念等要素都被弃之如敝屣。在中国出现如此情况，也许也是意料之中的事。令人吃惊的是，即使在法国这样一个崇尚变化的国度，即使“后现代”已经习以为常，不理解、不欣赏拉戛尔斯剧作竟然也大有人在。在拉戛尔斯生前，其剧作真可谓曲高和寡，知音寥寥。多年仅卖出了不到100本剧作、巴黎上演他的剧作总共不超过四出无疑都是明证。正因为如此，拉戛尔斯才称自己是个“不合时宜的孤独者”，并以此来命名自己的出版社。问题的症结究竟何在？当时的评论界对其剧作评价是“过于理性、充满思考、令人生厌”①。其实，法国人勤于思考闻名于世，以笛卡尔为代表的理性主义17世纪以来便大行其道，至今仍是法国人的一大精神支柱。法国戏剧史上，“过于理性、充满思考”的剧作家实在是不胜枚举，较近的例子就有大名鼎鼎的萨特、加缪等人，他们的剧本无不打上深深的哲理烙印，以致成为传播的一大障碍。至于“令人生厌”的剧作，20世纪的法国舞台上更是多如牛毛，几乎每一部具有叛逆精神的剧作最初都难逃厄运，《等待戈多》《秃头歌女》《滑稽模仿》等无不如此，有的戏首演时门可罗雀，闭幕时甚至只剩下三五个亲朋好友，“令人生厌”的程度可见一斑。

历史总是惊人地重复。发生在荒诞派戏剧家们身上的事，半个世纪后又在拉戛尔斯身上重演。如果说当初传播的主要障碍在于其剧过于“理性”的话，那么在其身后又为何会受到广泛的追捧呢？答案显然要从拉戛尔斯的剧作之中去找。拉戛尔斯出生于20世纪50年代下半期，恰是以贝克特等人为代表的荒诞戏剧渐渐走出低谷并为世人所接受的时候，而后则是各种思潮蜂拥而至，布莱希特、阿尔托等人的戏剧思想深入人心，引发了全世界的舞台上的革命不断，尤其是在20世纪70年代左右，诸如集体创作、图像戏剧、环境戏剧、机遇戏剧等风起云涌，直搅得世界剧坛天翻地覆。经历了如此的变化之后，戏剧文学遭受了前所未有的重创，“一剧之本”的地位被导演取而代之，剧作家也从昔日的“皇帝”宝座上被赶了下去。虽然剧作家的抗争始终不断，但直到20世纪80年代法国的剧本创作才随着“日常戏剧”流派的

① 参见法国《快报》，2001年7月12日。

兴起而有了起色。拉戛尔斯正是在这样一种背景下开始创作，按照贝荷赫的说法，他遇到的一个棘手问题便是，在贝克特、尤奈斯库之后，剧本应该怎样写？可以说他始终带着这样一个问题在探讨、在摸索，并将思索的结果诉诸创作。孰料，过于超前的他却又成为一个“不合时宜的孤独者”。

作为一个哲学硕士的“孤独者”，拉戛尔斯始终保持着冷静清晰的头脑。而作为一个无可救药的“世纪病”病毒携带者，他对生命、对疾病、对爱情、对死亡等有着刻骨铭心的体验与思考，其剧作也就顺理成章地围绕着这些主题在展开。对他这样的一个“80 后”剧作家而言，不仅故事结构不再重要，悬念、发现、突转与高潮完全可以取消，甚至传统叙事赖以生存的人物性格也抛之九霄云外！与其同时代的另一位法国戏剧大家、同样也是死于艾滋病的科尔代斯（Bernard-Marie Koltès）相比，拉戛尔斯可谓进入了真正意义上的“后现代”。诚然，经过包括他们在内的众多剧作家的努力，法国戏剧再次回归到了文本。可是，由于他们身处“后现代”，所以无论怎样写作都不可能回归贝克特之前的以摹仿为主的时代，甚至也不可能回到贝克特的时代。而所谓后现代，按照德国教授尤根·霍夫曼的见解和曹路生教授的定义，后现代戏剧具有非线性剧作、戏剧解构和反文法表演等三大特征，是某种“非线性、非文学、非现实主义、非推论和非封闭的演出”①。而作为哲学硕士，拉戛尔斯受到其时以后结构主义为代表的当代哲学思潮的影响也在情理之中，在其创作之中摒弃传统的剧作法而走向非行动（情节）、非摹仿和非逻各斯的“后现代戏剧”之路同样属于正常。当然，后现代概念本身莫衷一是，但具体到拉戛尔斯戏剧，不难发现它在许多方面都与这些特征相吻。

在摒弃了以易卜生为代表的传统剧作法、同时又拒绝重蹈阿尔托信徒们的覆辙之后，拉戛尔斯必须寻找一条属于自己的新路，而这条道路自然与其人生有着不可分割的联系。身为一个“不合时宜的孤独者”，他之所以选择戏剧，其目的便是为了赶走寂寞、“为了不孤独”。而他那内省的性格则使之更关注于表现人的内心世界，从方方面面对其进行省视，尤其是人性中一些

① 参见曹路生：《国外后现代戏剧》，江苏美术出版社，2002 年版，第 14 页。

难以确定的因素，而这种孤独、这种不确定恰恰正是当代法国人的共同特征。贝荷赫评价道："我认为就是这使得拉戛尔斯充满了力量，并因此感动了他人：他跟他们说的是他们。"[①] 也正因为关注的焦点是人的内心世界，所以拉戛尔斯既不屑于外在的情节故事、也不在乎所谓的人物性格，更不为名目繁多的编剧规则所束缚。在其剧作里，没有任何能够确定的人与事，唯有对生命的诘问、对人世的思考恒定不变；既不遵循任何陈旧的编剧规矩，也不顾忌既有的舞台法则。恰如贝荷赫所指出的那样，拉戛尔斯戏剧的话题十分沉重，有着他自己对世界的看法，因此导演也难以随心所欲，更何况他的人物往往没有心理内容，使之难以被搬上舞台。

三

本剧作选收入了拉戛尔斯的五个剧本，不妨让我们依照创作时间的顺序，具体了解一下拉戛尔斯戏剧从主题、人物到情节、结构等各方面的"后现代"特征：

《遗忘前的最后悔恨》（*Derniers remords avant l'oubli*，1988）最初由以扶植当代剧作为使命的巴黎开放剧院（Théâtre Ouvert）发表于1988年。同年12月，它由索菲·迪普雷-泰博（Sophie Duprez-Thébault）导演搬上了巴黎以北的博韦市（Beauvais）的舞台。

故事的剧情是一个短暂的友人聚会。多年不见的昔日好友埃莱娜、保罗和皮埃尔相聚在法国乡下的一栋房子里，在他们年轻时，三人曾一起住在这里，如今则只住着皮埃尔一人。埃莱娜和保罗带着彼此的家人来到这里，是想和皮埃尔讨论将房子出售的事宜，寒暄之间，过去三人之间的纠葛频频闪现，争吵和冲突被引发，使得对话无法进行下去，最后他们不欢而散。

作品主要展现了埃莱娜、保罗和皮埃尔三人之间的关系。过去他们住在

---

① 见奈杰马·凡·艾格蒙：《弗朗索瓦·贝荷赫访谈录》（2007年3月），载www.fluctuat.net网站。

一起，享受爱情、艺术和青春的时光，如今三人的生活已经截然不同。曾经梦想成为作家的皮埃尔如今是一名教辅人员，孤独而失意，他依然固执地停留在过去的生活中。而安娜已经结婚生女，丈夫是一名成功的销售人员。保罗也有了自己的妻子。他们的配偶和孩子都在宣告着他们早已与过去的生活决裂。对于他们关系的理解需要结合法国的历史背景来理解。三人属于投身法国1968年“五月风暴”的那一代年轻人，曾经怀揣着建立乌托邦的梦想：自我的解放，理想化的精神世界，对于艺术的积极尝试，如今人到中年，时代变迁，那时的生活已被遗忘。三人之间的对话总是无法切入出售房子这个正题，他们相互打断，一方急于表达，另一方却陷入沉默，拒绝交流，于是误解形成，直至引发冲突，彼此之间用语言进行着撕扯。和拉戛尔斯的其他作品一样，作者想揭露的是语言所制造的人与人之间交流的障碍。本剧对白中使用很多人称代词，指向不甚明确，需结合上下语境理解。同时，说话者的指涉对象并不一定为之前发问或者之后回答的一方，甚至在一段话中出现多个指涉对象，作者刻意保留了人们日常交流中语言的变化性和模糊性，这是本剧的特色之一。另外，值得一提的是，剧中悲剧和喜剧的效果交织，往往在一段苦涩的甚至于有些绝望的独白之后，紧跟着冷静、毫不相关的回应，显得荒诞而富有讽刺意味。有评论家指出：“这部作品在正剧和喜剧之间摇摆，一切都渗透着关于生存的转瞬即逝和琐碎无聊。”[①]。

这部剧作延续了拉戛尔斯“归来”的主题，逃离过去生活的人终于有一天回来看望依旧在等待的人，他们之间的冲突成为过去和当下两个时间的对峙。作品中被揭露的不仅仅是一段三人关系的破裂，更是一个时代的逝去。皮埃尔所代表的理想主义已然破灭，消费主义的时代已经到来。皮埃尔内心无法接受的是，他的朋友们“要一脚踩烂过往和回忆。把青春时光里顽强的幽灵烧成灰烬”。而他依然待在原地，“守着这个地方”。正如剧本标题所说的那样，拉戛尔斯借一场失败的谈判为我们精妙地揭露了时光交替之中的谎言、欺骗和隐藏的残酷真相。在此，过去与现在不仅是相互对峙的，同时又是互

---

① 法比安娜·达赫杰，《世界报》，2004年2月10日。

相缠绕、难分难解的。

《只不过世界尽头》（*Juste la fin du monde*，1990）是拉戛尔斯获得法国文化部海外从艺奖金在柏林期间完成的作品。剧本讲述的是男主人公路易回到离开多年的家中，打算向家人宣布自己的生命只剩下一年的消息。他在家中见到了母亲、妹妹苏珊娜、弟弟安托万以及弟媳卡特琳娜。在看似随意平淡的聊天中，过去生活的片段重被提起，路易的家人们也逐渐将多年累积的对路易的不满宣泄而出。最终，路易并没有说出自己的秘密，默默离去的他在不久后离开人世。

该剧在作者生前四处碰壁，家家剧院都予以了否决，直到 1999 年才由法国导演约埃尔 · 汝阿诺（Joël Jouanneau）首次将其搬上瑞士韦迪 - 洛桑剧院（Théâtre Vidy-Lausanne）的舞台，引发热烈反响。有意思的是，10 年之后即 2008 年，此剧被列为法兰西喜剧院（Comédie Française）的保留剧目，并由米歇尔 · 拉斯基（Michel Raskine）执导，获得当年的莫里哀奖最佳公立剧院剧目奖。2016 年，加拿大导演格扎维埃 · 多兰（Xavier Dolan）将其改编并拍成电影，获得第 69 届戛纳国际电影节评审团大奖。如今，《只不过世界尽头》已被翻译成多国语言，成为一部名副其实的法国当代代表剧目。

标题 Juste la fin du monde 是"（没什么大不了的）只不过世界末日（而已）"的省略说法。"La fin du monde"直译为"世界的尽头、世界的终结"，通常译为"世界末日"。如前所述，写作此剧两年之前拉戛尔斯已被查出染上艾滋病，他十分清楚自己正在走向生命的终点。主人公路易与其相同的命运给剧本带上了自传色彩，两人都在经历死期将至之前的内心挣扎。而"只不过"一词却转而用一种自嘲式的轻松口气，表现主人公或许也是作者本人面对人生绝境无所谓以及无所畏的态度。笔者这里将"世界末日"处理为"世界尽头"，希望在保留原意的基础上，突出"世界尽头"的空间感，以与剧本富有诗意的整体风格相统一。

与拉戛尔斯的很多剧本一样，此剧有别于传统的剧本创作，缺少具体的舞台指示，只是在开头交代了故事的地点是"在母亲和苏珊娜的房子里"，时间是“某一个周日，或者也可以视为持续了整整一年的时间”。剧中充斥了对话，但并没有明显的戏剧冲突，更没有一以贯之的行动。其他角色围绕着路易表达着几年来因为他的离去内心所累积的遗憾、不解、愤怒等各种情感，绵绵不绝的话语使得想要袒露自我的路易不得不困于沉默之中，忍受着他们的指责。文本前后由路易的独白组成序幕和尾声，中间的部分由路易和家人之间的对话穿插路易的内心独白组成，过去、现在和将来各种时态被混合，形成现实和虚幻不同场景的拼贴。

与拉戛尔斯的其他作品一样，该剧的语言极富特色。对白中可见不断的重复和细微的变化，角色们仿佛无意识地不断斟酌着自己的语言，寻找着同义词，换另一种说法，在一段话中不时加入插入语做进一步的补充说明，以此来不断修正着自己之前说过的话，追求着一种无法企及的准确性。对白用词虽然口语化，却又体现出一种精简的诗意性。语句富于韵律感，不同角色的语言被一种独特的节奏贯穿和统一，长独白仿佛是独唱，双人对白好似形成双重奏，文本的中心内容被不断重复、修正并发生细微的变化，进而形成一个不断起伏发展的合唱。路易在出走多年之后回到家庭所造成的陌生感，推动着其他人努力打破沉默，他们都想尽量真实和确切地表达内心的想法，但是却被黏附在那些平庸琐碎的、跟核心问题无关的日常话题中。每个人都在说话，却无法和对话人建立真正的沟通。甚至可以说，语言形成了角色的面具，制造了传递他们真实情感的阻碍。在看似平淡日常的表达中却潜伏着暗流，一个不经意的词汇会瞬间点燃彼此之间冲突的火苗，让误解和隔阂进一步加深。

离家多年的游子重归家庭是拉戛尔斯作品中多次出现的主题。此剧也是这一主题的代表作品之一。通过作品，作者探讨了主人公的离开所造成的家人间的误解、隔阂，彼此之间情感的挣扎和沟通的困境。路易和家人都在忍受着“爱的缺失”。长久的分离已经让家人无法再正常地和路易对话，他们只是一如既往地爱着曾经的他，眼前的路易对他们来说是陌生的。而对于路易来说，他想要从家人那里寻求临终前的平静也显得无法实现。作者借路易个人的经历来探询人存在的终极意义以及群体中彼此情感的牵绊与个体的孤独感。拉戛尔斯在剧作中强调了语言的作用，语言将人们联结同时也将人们分隔，所谓“世界的尽头”，指的并非只是死亡，生命的终结，“monde”一词在法语中也有“人，人群”的意思，在某种意义上来说，作者想要揭露的还有人与人之间的关系是怎么通过语言而结束的。在本剧的尾声部分，路易讲述了一段令自己感到遗憾的回忆，那是在深山中独自一人走夜路的经历，他本想“发出一声响亮的喊叫”，最终却只是沉默地继续行走。面对恐惧和强烈的孤独感，他最终选择了压抑自己，不让自己的情感得到释放。同样的，在“述说自己即将到来的死讯”的归家之旅中，他又一次“失声”了，这背后复杂的原因，如同作品耐人寻味的标题，有待读者以及舞台创作者做进一步的理解和阐释。该作品之后被拉戛尔斯续写为一个更长的版本《远方故乡》（*Le Pays lointain*，1995），是拉戛尔斯的最后一部作品。

《爱的故事（叠印）》［*Histoire d'amour* (*repérages*)，1983］和**《爱的故事（最后几章）》**［*Histoire d'amour* (*Derniers chapitres*)，1991］均由拉戛尔斯写成并搬演于贝桑松普拉诺瓦兹剧院（Espace Planoise)，后者还于次年2月复排于巴黎国际大学城剧场，均是具有典型拉戛尔斯风格的作品。同样是讲述两男一女之间的情感纠葛：分离和多年之后的重聚，前述《遗忘前的最后悔恨》与这两个剧本在内容上也有相似之处，三者之间有着内在的一致性。但相比之下，《爱的故事（叠印）》和《爱的故事（最后几章）》的关联更为紧密。读者不难发现，由于后者是拉戛尔斯经过七年之后在前者基础上的发展，因此不仅规模上有所扩大，而且风格上也更为成熟。鉴于篇幅，本文将集中分析《爱的故事（最后几章）》一剧的艺术特点。《爱的故事（最后几章）》为拉戛尔斯于1991年4月写成并搬演于贝桑松普拉诺瓦斯剧院（Espace Planoise)，次年2月复排于巴黎国际大学城剧场。乍一看，此剧的结构形式竟然貌似古希腊剧本，即三个部分（场面）之外，前有序幕，后有尾声。不过，作为一部“后现代”作品，此剧带给读者和观众的困惑实在不少。打开剧本，映入眼帘的人物表简单至极：仅有三个人物，即男甲、男乙和女人。然而，他们的身份包括年龄、职业等这些基本信息均无从得知，更说不上什么性格特征，吝啬还是慷慨？勇猛还是怯懦？诚实还是狡诈？一切任由读者想象。更令人迷惑的是，人物甚至连姓名都被省略了，漂亮还是丑陋、高大还是矮小都无从得知。当然，与剧本的内容尤其是主题相比，这些问题实在微不足道，盖因读完全剧之后，哪怕是读了好几遍之后，读者心中依然一片茫然。剧名看上去再通俗、再寻常不过，给人的心理暗示与剧本的内容其实是南辕北辙的。既没有常见的男追女赶情节，更没有两男同追一女的激烈场面。男甲、男乙和女人反复在叙述着发生过的事，读者始终丈二和尚摸不着头脑。更令人苦恼的是，剧中除了人物的不断复述之外，并没有什么行动线可寻。能够知道的信息有限而不完整：男甲是位作家，在某个半夜三更离开住所，走到河边欲寻短见，但最终改变主意，原路返回。如果说他放弃短见是为了写一本书的话，那么他投河的原因却是一个难解谜。男乙和女人均是与男甲生活在一起的朋友，自始至终在补充男甲的叙述，但这种补充对读者的理解却无济于事，因为故事内容并不因此变得完整，人物“性格”更不因此稍微清晰。由于缺乏传统戏剧的基本要素，《爱的故事（最后几章）》极其令人扑朔迷离。

按照女人的说法，剧本内容相当简单：“《爱的故事》，就是两个男人和一个女人的故事……”[①] 但实际上，这是一句骗人的台词，因为剧作家在将人物性格抹杀之后，也就抹杀了与之相关的故事，因此我们既读不到男女山盟海誓的场面，也读不到缠绵悱恻的场景，也没有第三者插足的三角恋。序幕，男乙表示，“主要是男甲的故事，他的出走，他的理想幻灭”。而男甲则说这将是一则发生在一个文雅城市里的“一则文雅的故事”，女人也说“这件事将成为一个动人的故事，有可能成为一个美妙的故事”云云。然而，男甲的理想是什么？究竟何为“文雅的故事”，又何为“美妙”“动人”呢？全剧始终没有交代清楚。相反，在第一部分，女人又告诉我们，男甲曾经说过，这将是一则发生在他们两个男人和她之间的“天真的故事”；而男乙却说是“两个人的故事”。男甲又口口声声说这将是一则关于爱的故事，一则有关其初恋的故事。但他之后又表示，这将是则关于“背叛”和“分手”的故事。那么，

① 文中所引的台词均引自拉戛尔斯剧本，在此不一一标示。

剧中到底讲了两人之间的什么故事？通观全剧，在男甲和女人之间其实从来没有发生什么故事。相反，倒是在第一部分结束时，女人告诉我们，她在与男甲“分手”后前往国外，与一个外国男人之间有过一段“爱情”与“分手”的故事。这则“爱的故事”在第二部分又被复述，重点则落在她与男甲分手之后，男甲如何埋头写作，男乙如何立志成为建筑师，而男甲写的却正是建筑师如何为女人造房子的故事。第三部分则写女人回国之后，男人因身患重病将自己关在屋内拼命写作，女人则和男乙住在了一起，两人不再谈论过去，更不再谈论男甲。如此三人各自为政，相安无事……直到尾声男甲死去。因此，可以说剧本所表现的内容极其不确定，男甲与女人之间“爱的故事”纯属捕风捉影，至多只是一则“分手后的故事”。但这也只是一种权宜说法，因为谁都知道“故事”实在难以把握。值得一提的是，1983 年版剧本的题目中包含了“叠印”两个字，剧作家借用这一技术名词显然有所用心。这种同一事件在不同的人物的口中往往有所不同、甚至同一人物口中的同一事件在不同时间所说的也不一样的状况，从《叠印》到《最后几章》可谓层出不穷，每每似是而非，如同电影中的叠画一样模糊不清，令人无从确定。

其实，不确定的不仅是故事及其角色（即男甲与女人还是男乙与女人？还是两个男人与一个女人？或是女人与一个外国男人？），不确定的还包括男甲到底要写什么？是一本书？还是一则“电话故事”，一支歌还是一封信？一本笑话集还是一出滑稽剧？三位主人公的说法始终不一致。此外，叙述的到底是已经发生的过去生活，还是正在发生或将要发生的事情，即“刚刚过去的 10 年间发生的或眼前正在逝去的 10 年间的故事”？更有甚者，无论是男甲还是女人，谁也无法确定故事发生时他们的年龄，只能说个笼统的二十几岁，但 22 还是 23，或是 25？凡此等等，均不得而知。这一系列不确定的结果正如女人在尾声时所言：“我们过的生活与当初设想的相距甚远，跟本该写下来的相距甚远。”最为令人诧异的结果则是，有可能男甲根本就没有写什么《爱的故事》：“也许他连一行字都没有写，他满足于跟我们叙述故事”。也正是基于上述一系列原因，法国导演万桑·纪尧姆认为，此剧的主题就是“剧本自身的难以定义”。而之所以没有行动，是因为“行动在剧本开始时已经完成”。而人物尤其是男甲的困难则在于，不知如何讲述这则故事，如何介绍它，原因是“剧中的一切都处于流动状态：过去的、现在的、未来的……没有任何固定的。时间互相撞击，无法把握，令人困惑。过去犹如未来，不能肯定，它成为一个想象、梦幻的空间，它是流动的。需要重新创造，不断地游戏。”①

为了强化这种不确定性，剧作家使用了种种手段。最突出的便是上述的人物设计，拉戛尔斯在去除了一切外在标志之后还嫌不够，还要让演员在表演中不停地提醒观众（“我演男甲”）或相互提醒（“你演男乙或女人”），冀以这种间离手段来粉碎传统戏剧的幻觉效果，让观众处于不确定的状态而保持理智与清醒。而人物（或演员）在剧中不断地对自己所说的内容加以怀疑与修正更是增强了这种效果，使得全剧始终处于一种纪尧姆所谓的“梦幻的”“流动的”状态，观众的主观能动性从而得到了充分发挥：“故事在怀疑中构建，在不确定中构建，也可以说正是通过怀疑和不确定在构建”。而众所周知，这种不确定性与要求观众或读者积极参与意义的构建也正是“后现代”艺术作品的主要特征。纪尧姆还把这种不确定性与演出及其排练过程进行类比，认为《爱的故事》剧本就像是一场排练，它是边排边完成的一个过程。他表示：“如同排练一样，大家在摸索，边摸索边前进，提出设想，没有太多的肯定的东西。”② 因此，读者在阅读此剧时，还得结合演出实际，要把剧本放在具体的演出背景下来考虑。如此一来，语言的问题便突显出来，因为人们很快便会发现剧本在不统一、不合逻辑的表象之下，语言的节奏性、音乐性对其意义的构建极其重要。可惜的是，拉戛尔斯剧本这种犹如诗歌一般郎朗上口的音乐性却难以通过翻译传达出来。

《我在家中等雨来》（*J'étais dans ma maison et j'attendais que la pluie vienne*, 1994）是拉戛尔斯受开放剧院之邀所创作的剧本，1994年由罗贝托·康塔瑞拉（Robert Cantarella）导演，进行过排练。最早由约埃尔·汝阿诺（Joël Jouanneau）

① 凡桑·纪尧姆：《爱的故事》导演阐述（为其通过电子邮箱发给笔者的资料）。
② 凡桑·纪尧姆：《爱的故事》导演阐述（为其通过电子邮箱发给笔者的资料）。

导演，演出于瑞士韦迪 - 洛桑剧院（Théâtre Vidy-Lausanne），同年由斯坦尼斯拉斯·诺尔代（Stanislas Nordey）导演，演出于巴黎开放剧院。这是一个关于等待和归来的故事。在一栋乡下的房子里，五位女性人物（三姐妹、母亲、老妇人）一直等待着多年前被父亲赶出家门的弟弟（儿子 / 哥哥）回到家中。直到有一天，他终于踏入家门，但刚刚放下行囊，他便昏倒在地，不省人事，并陷入弥留状态。女人们将他抬到楼上一直为他所保留的房间内，接着述说起她们这些年来已经等待和未来还将等待的日子。此剧依然延续了拉戛尔斯创作中“浪子归家”的主题，但较为不同的是，剧中的男性角色是缺席的：父亲去世，游子迈入家门即晕倒，此后便不再出场。全剧的视点均是从家中五个女人的角度出发，叙述她们怎样看待即将离世的回归游子，以及她们在等待中度过的岁月和被改变的人生。正如拉戛尔斯在该剧本的剧情简介中所总结的，“这就像一首歌曲，一个人对另一个人悠长的告白，她们生活的秘密，耐心缔造的属于她们的传说。她们为了自己而演出。”①

本剧往往被认为是最能够体现拉戛尔斯戏剧语言特色的代表作品，是被誉为有着“如同璀璨珍宝般的语言”②之作。拉戛尔斯想要在剧中呈现的是角色们“长久的抱怨。还有一些非常短小的场景，几乎只有两个或三个单词，就仿佛只是一道墨迹、一两个音符”③。游子那么多年的杳无音信使得女人们渐渐绝望，但却又无法说服自己彻底放弃等待。在他终于归来的这一天，她们用仿佛下意识的喃喃自语来表达自己当下的感受，对过往的回忆、对获取真相的追寻、对爱的渴求、以及对梦寐以求却无法获得的生活的遗憾，等等。与其他同一主题的作品所不同的是，由于游子这一角色的缺失，拉戛尔斯在此剧中更多地将视角投向于生者如何面对家庭成员消失或者死去所带来的情感冲击和生活的转变。唯一的儿子逃离了，被留下人的女人们是否必须拥抱被他所拒绝的生活？她们是否必须遵守一起等待的承诺、彼此分担这份沉重的责任？这些被置于边缘的女性角色走上属于她们的舞台，就像拉戛尔斯所

---

① 让 - 吕克·拉戛尔斯，《我在家中等雨来》剧本梗概。
② 法国《解放报》，2004 年 8 月 17 日。
③ 让 - 吕克·拉戛尔斯，《我在家中等雨来》剧本梗概。

说的，她们也许是契诃夫笔下的《三姐妹》，又或许是英国的勃朗特姐妹[①]，她们抚平蒙着灰尘的过去的皱褶，为闪现的一丝希望展开天真的想象，又为了一个模糊的旧日场景争论撕扯，或许这是她们陷于最终绝望之前最后的挣扎，又或许不过是无尽等待的长河中偶尔泛起的微澜。

该剧在结构上符合古典主义戏剧“三一律”的原则，语言精确简练，格调高雅，富有诗意和音乐性，在不经意间揭露着真实与谎言，细腻地传递出角色们复杂的内心世界，具有一种令人仿佛被刺痛的力量。法国《费加罗报》这样评论：“文本写作中表现出美丽而深刻的音乐感，令人惊叹”[②]，角色之间的对白更像是各自的长独白，五个角色的独白组成一曲多声部的合唱，在前一个角色的台词还没结束之时，下一个角色的讲述就开始了，或者紧接着对方的话将之延伸扩展，有时候互相补充，有时候互相矛盾。同时，剧本又缺乏剧情的发展，全剧仿佛只是几个角色没有开始又没有结束的独白，她们的话语中有很多隐晦、重复、欲言又止的中断和省略，作者仿佛把语言不断进行切割再重组，使之呈现出一种内容的非连续性和节奏的协调性。同时，在时态上，拉戛尔斯往往将过去、现在、将来混淆在一起，使得文本呈现出模糊化和碎片化的特征。从这些角度来说，此剧可以说是古典主义外衣下的后现代之作。

《现代社会生活准则》(*Les Règles du savoir-vivre de la société moderne*，1994) 由拉戛尔斯于 1994 年受法国文化部的资助并应东北部城市贝尔福的格拉尼剧院（Théâtre Granit）之邀创作而成。同年 11 月由拉戛尔斯本人导演并在该剧院首演。与前两部充满后现代特征的剧本相比，要显得比较传统，因而也更加容易理解与接受。从篇幅上来看，它更像是一部独幕剧，既不分幕，也不分场。从内容上看，它表现的是现代法国社会一个人从出生到死亡这一过程中所发生的习俗，即一个人从出生登记到入土为安的整个过程中的相关社会规则。全剧结构完整，内容清晰，语言生动，一气呵成，与前一出戏迥然相

---

① 让－吕克·拉戛尔斯，《我在家中等雨来》剧本梗概。

② 法国《费加罗报》，2005 年 1 月 12 日。

异。尽管如此，这仍然是一出有别于传统、具有后现代特点的剧作。

熟悉法国社会与历史的人都不难发现，该戏所谓的“现代”似乎更接近于19世纪末20世纪初。既然法国人能轻易地发现剧中内容与实际情形一致，那么是否意味着它是一部写实主义剧作呢？答案是否定的。因为拉戞尔斯乃是站在20世纪末的立场，对其父母一辈年代时代的法国习俗进行新的审视，并以诙谐调侃的口吻来表现，赋予了传统习俗以崭新的诠释。表面上看，剧作家严格依照人生发展的“基本阶段”让唯一的女主人公来叙述相应的生活准则，应该说相当的写实。“夫人”从一个人的诞生说起，从呱呱坠地后到当地政府上户口的第一桩事开始，到为其选择教父母、取名、上教堂受洗，然后是其长大成人、从订婚到结婚的成家过程，期间包括民事和宗教双重婚礼仪式，之后则是金婚纪念仪式以及最后“不可避免的”丧事活动。虽然洋洋洒洒包括了人的整个一生，但重点放在了出生、结婚与死亡这三个人生的关键阶段，而略去了其他的过程，如更有个性的学习与工作等，从而使得剧本的意义更具有普遍性。

这样一部看似一目了然的剧本，其后现代性又在哪里？笔者认为，一在于其独特的结构，即它貌似独幕剧，实际上是一出独白剧，全然没有传统剧本中的故事、人物与冲突，更没有发现、突转与高潮；二在于拉戞尔斯那独有的语言风格。可以设想，全剧由于通篇只是“夫人”的长篇独白，因而极其容易令人产生枯燥乏味之感。然而，我们在阅读和翻译过程中却是全然不同的感受，原因便在于剧作家以其高超的语言能力，巧妙地将不同的语言风格混合在一起，从而制造出极其强烈的艺术效果。在拉戞尔斯的笔下，夫人的语言时而庄重高雅，时而粗俗诙谐，句子和段落时而简短明了，时而冗长重复，抑扬顿挫的节奏配上幽默风趣的词语，自始至终都将读者（尤其是观众）的好奇心与注意力集中于舞台上，最大限度地避免了单调与沉闷。

对于这样一部看似与当代法国生活关系不大的戏，拉戞尔斯为什么会写？导演为什么要把它搬上舞台？而观众又是为何来看？谁都知道，任何一部剧作都是针对其时社会及其观众的。剧中除了所表现的生命与死亡等具有永恒意义的主题之外，它所反映的现实其实离法国人的生活并不遥远，比如剧作家的父母不仅对此了如指掌，而且从中看到以往的家庭生活对儿子所产生的影响。因此，法国老一辈观众在看戏过程中自然而然地会结合自己的亲身经历，以自身的感受和认识与剧作家和导演的观点加以对照，从而获得一种审美的乐趣。而对年轻人来说，则可以将自己所处的“当代生活”与父母辈的“现代生活”加以比较，从而对生活、对人生、对爱情、对婚姻和死亡有全新的认识。正如法国“探索剧团”团长维洛妮克·莫妮在其导演阐述中所言，与过去的岁月相比，社会的发展无疑使当代法国人在这些方面的认识发生了很大的变化，如果说青年人从中看到的更多是一个已经逝去的世界及其显得陈旧迂腐的生活观念与方式，那么中老年观众则从中切实地体会到这个世界的变化是多么迅速与剧烈①。正是为了表现这种巨大的社会生活观念与形式的变化，这位法国女导演在演出形式上动足了脑筋，如安排了一位混血女演员来扮演夫人这一角色，以此告诉观众当代社会已经是一个多元文化混杂、不同生活方式结合在一起的社会，“混血夫人犹如狮身人面兽，在人生的交叉路口提出了有关人生的令人深思的谜语”。她还请人把《婚礼进行曲》重新谱曲，通过破坏原旋律中的平衡庄重来制造不安的情绪，旨在“使人的想象能够从一切框框中解放出来”。此外，她还在演出结束时，用不同的业余影片组接成的片子来揭示一些家庭日常生活的简单而温馨的场面。演出试图以此向观众表明，这些世世代代传承下来的习俗乃是人类生活的真实写照，今人的生活及其规则已经与之大相径庭，而正是这些不同构成了我们的“现代社会”。

从上述介绍尤其是本书收录的五个剧本的分析中，读者已经不难看出拉戛尔斯戏剧所具有的后现代特征。这些特征既是时代造就的产物，更是其自身追求的结果。它们既回答了贝克特、尤奈斯库之后如何写剧的问题，更满足了拉戛尔斯宣泄个人痛苦与郁闷的需求。于是乎，我们看到的是一些与传统迥然相异的剧本，没有冲突，也没有危机，没有人物，更没有故事；有的

① 参见法国探索剧团网站相关文章。

是患上不治之症的病躯、痛苦不堪的灵魂，有的是难以言说的心中抑郁、不敢面对的人生失意，有的是挥之不去的过去、无可奈何的现在、深不可测的未来……凡此种种，正是拉戛尔斯戏剧在当初难以为人接受的原因，同时也是吸引 21 世纪读者与观众的魅力之所在。如今，拉戛尔斯戏剧早已摆脱了孤独，不仅剧作已被列入法兰西喜剧院保留剧目从而成为法国文化遗产的一部分，而且还被列入了法国高中戏剧类教学计划，成为毕业考试内容之一。随着时间的推移和拉戛尔斯年戏剧在全球的广泛传播，拉戛尔斯的影响早已超越了法国的疆界，其剧作已经成为全人类共同的宝贵遗产。

上海戏剧学院外国戏剧研究中心

宫宝荣　蔡燕

2020 年 12 月 13 日

只不过世界尽头

Juste la fin du monde

蔡燕 译

1990年，拉戛尔斯得到达·芬奇奖学金资助，在柏林创作此剧。同年10月，作品由约埃尔·汝阿诺（Joël Jouanneau）导演，首演于瑞士韦迪-洛桑剧院（Théâtre Vidy-Lausanne）。

人　物

路易，34 岁

苏珊娜，路易的妹妹，23 岁

安托万，路易和苏珊娜的兄弟，32 岁

卡特琳娜，安托万的妻子，32 岁

母亲，路易、安托万和苏珊娜的母亲，61 岁

故事发生在母亲和苏珊娜的房子里，时间显然是某一个周日，或者也可以视为持续了整整一年的时间。

序　幕

路易：后来，接下来的那一年里，

——该轮到我死去了——

我现在快 34 岁了，到了 34 岁这个年纪我就将死去，

接下来的那一年里，

整整好几个月，我都在等待着。什么也不做，欺骗、浑浑噩噩，

整整好几个月，我都在等待着结束这一切，

接下来的那一年里，

就像人面对着一种极度的危险，

有时候一动也不敢动，

只能小心翼翼、悄无声息，以防动作过大惊扰了敌人，使得自己立刻被其摧毁，

接下来的那一年，

不管怎样，

尽管恐惧，

也要冒起这个险，反正不期望得以幸存下来，

不管怎样，

接下来的那一年，

我决定回去看看他们，踏上来时的道路，追寻我过去的踪迹，进行这场旅行，

为了宣布，不紧不慢、认认真真、斟字酌句地，

——我是这么认为的——

不紧不慢，从容不迫，心平气和地，

——其实对于别人和他们来说，我不恰恰一直是个平和的人吗？

为了宣布，

述说，

只是述说，

我接下来无可挽救的死亡，

由我亲口宣布，成为唯一传达此事的人，

表现出，

——也许这是我一直想要做的事情，无论何种情况下，在我记忆深处一直想要做和下定决心要做的事情——

表现出即便到了那时，我仍然能够作出决定，

给予我自己和其他人，还有他们，确切地说，给你，你们，她，还有那些我不认识的人（来不及就算了），

最后一次，给予我自己和其他人一种我对自己负责的错觉：幻想在临终之际，我依然是自己的主人。

第一部分

第一场

苏珊娜：这是卡特琳娜。

她是卡特琳娜。

卡特琳娜，这是路易。

这是路易。

卡特琳娜。

安托万：苏珊娜，麻烦你让他过去，让他过去。

卡特琳娜：她太高兴了。

安托万：看她上蹿下跳的。

母亲：不会吧，我刚刚听到了什么，我是真的忘了，不会吧，他们两个不认识。

路易，你不认识卡特琳娜吗？不会吧，你们俩不认识，从来没见过，从来没有吗？

安托万：你怎么回事？你心里清楚得很啊。

路易：很高兴认识您。

卡特琳娜：是的，我也是，当然了，我也是。

我是卡特琳娜。

苏珊娜： 你和他握手？

路易： 路易。

苏珊娜说了，她刚刚说了我的名字。

苏珊娜： 你和他握手，他和她握手。你不会还是和他握手吧？他们不应该握手，陌生人才那样。[①]

他没变，看上去还是老样子。

你没有变。

他没有变。就像我想的那样，路易他没有变。

至于卡特琳娜，你会和她处得很好的，你们会处得很好，她也一样，你们会处得很不错。

不要握手，拥抱她吧。

卡特琳娜。

安托万： 苏珊娜，他们是第一次见面！

路易： 让我们拥抱一下。她说得对。不好意思，我很高兴，可以吗？

苏珊娜： 你看我说得没错吧，得告诉他们怎么做。

母亲： 我的脑子里面哪儿来的这个念头？我其实知道的啊。可我就是这个样子，我从来没想到过他们两个人会不认识。你们两个竟然不认识，我一个儿子和我另一个儿子的妻子不认识，这个，我可真没想到过，这可太滑稽了。

---

① 译者注：此处结合上下文可知“他”指路易，“她”指卡特琳娜。

卡特琳娜：我们结婚的时候他没有来，之后也就没有找到机会。

安托万：这她很清楚。

母亲：别跟我解释了，太傻了，我不知道我为什么会问这个，我很清楚这事但是我忘了，这么些年我都给忘了，我竟然忘到这种程度。这就是我想说的。

苏珊娜：他坐出租车来的。

我正在房子后面，然后我听到了车子的声音。

我以为你买了辆车，对此我们也不清楚，这么想也是很正常的。

我在等你，听到车子的声音，出租车的声音，我一下子就知道是你到了。我出去一看，是辆出租车。

你从火车站搭出租车来的，我说了，这不行，我应该来接你的，

我自己有辆车，

今天你只要给我打个电话，我就可以立刻去接你。

你只要跟我说一声，找个咖啡馆等我。

我就说你会这样做的，

我跟他们说过的，

说你肯定会搭出租车过来，

可他们都认为你知道该怎么做。

母亲：路上还好吧？我还没问过你。

路易：我很好。

我没有车，没有。

你，你好吗？

安托万：我很好。

你呢，你好吗？

路易：我很好。

不用大惊小怪的，不是什么长途旅行。

苏珊娜：你看，卡特琳娜，我说过的，

这就是路易，

他从来不拥抱别人，

以前就一直是这样。

连他自己的亲哥哥，他都不抱。

安托万：苏珊娜，能不能让我们安静点！

苏珊娜：我说什么了？

我又没跟你说话，我什么都没跟他说，

我在跟你说话吗？

妈妈！

第二场

卡特琳娜：他们在外婆家。

我们没想到您会来。如果临时把他们接回来，外婆估计不会同意的。

他们见到您一定会很高兴，这我们一点都不怀疑。

——不是吗？——，

我也是，安托万也是，

我们会很高兴他们终于可以见到您了。

他们没想到会见到您。

大女儿 8 岁了。
他们说，不过我没感觉，
可能我的立场不一样吧，
所有人都说，
大家都说，
但我从来都不觉得这些事情有什么逻辑，
——就是有一点，怎么说呢？为了好玩吧，
不是吗？——
我不知道，
我也不想唱反调，人们都说她很像安托万，
都说她跟他像一个模子里面刻出来的，
是女孩版的他，
对于每个孩子，大家都要说这些事，我不知道，为什么不呢？

母亲：一样的脾气，一样的坏脾气，
他们都那么固执。
他今天这么做，过些时候她也会一样做。

卡特琳娜：您给我们寄了张小卡片，
您给我寄了张卡片，小卡片，还有花，我记起来了，
那让我，那使我，那让我感觉受宠若惊，我很感动，但实际上，
您还从来没有见过她。
今天，真可惜，今天还是没有机会。
我会跟她说的。
我们那时候给您，是给您寄过一张她的照片——那时候她还很小，是个小不点儿，小婴儿，我在说什么傻话！——
照片上，她跟安托万不像，一点都不像，她谁也不像，
人们那么小的时候谁都不像，

我不知道您有没有收到照片。
现在她完全不一样了，是个小女孩了，您大概认不出她来，
她长大了，头发也长了。
真可惜。

安托万：别说了，你别烦他了。

路易：一点也不烦。
你为什么这么说，别这么说。

卡特琳娜：让你无聊了，我总是说这些事儿让人烦，孩子的事情，
我以为这些事情有意思。

路易：我不知道他为什么这样说。
我不懂，
为什么你要这么说呢？
这样很坏，不能说坏，是扫兴。
我完全不觉得无聊，我的教女，侄子，我的侄子，不是我的教女，是侄子，侄女，对我的侄女，我很感兴趣。

还有一个小男孩，他的名字跟我一样，是路易对吗？

卡特琳娜：是的，请您原谅。

路易：这让我觉得很高兴，我很感动，你们让我很感动。

卡特琳娜：有一个小男孩，是的。
小男孩有，

现在有 6 岁了。
6 岁?
我不知道，还有什么?
他们差了 2 岁，隔了 2 年。
我还有什么需要补充的吗?

安托万：我什么都没说，
别这么看着我!
你看她是怎么看我的?
我说了什么?
我可没说什么让你不要继续说下去，
我没有说任何打扰你的话。
她很紧张。
她跟你不熟，她觉得紧张，
卡特琳娜就是这样。
我什么都没说。
他在听你说。
你感兴趣吗?
他在听你说，他刚刚跟你说了，
他对这些感兴趣，我们的孩子，你的孩子，我的孩子，
他喜欢听这些，
你喜欢吗?
他很感兴趣，他对我们小家伙们的事情特别感兴趣，
他喜欢这个话题。
我不知道为什么，我刚才是怎么了，
他脸上没有表现出任何觉得无聊的意思。
我刚才不过是想也没想随便说的。

卡特琳娜：有或者没有，我并没有想这些。

路易：这样让人很难受，这样不好。
我觉得不舒服，
对不起，
很抱歉，我不是要怪你，但是你那样让我觉得不太舒服，
现在，
我觉得不舒服。

安托万：又要说是我的问题了。
这可真是个好日子。

母亲：她刚才在讲路易，
卡特琳娜，你前面在讲路易，
那个小男孩。
别管他，你知道他这个人的。

卡特琳娜：是的。对不起。我前面说的是，
他和您的名字一样，但是，老实说……

安托万：对不起。
好吧，我道歉，我什么都没说。我说了我什么都没说，
但是你别这么看着我，
你不要继续这样看着我，
老实说，老实说，
我说了什么啊？

卡特琳娜：我听到了。

我听到你说了。

我要说的是，我们其实给他，
或者说本来的出发点是，
——我说详细一点——
其实给他取的是您父亲的名字，然后必然地，
自然而然地……

安托万：你干脆说跟那些法国国王一样都叫路易吧。

卡特琳娜：听着，安托万，
听我说，我不说了，反正都一样，
你来替我说吧！

安托万：我什么都没说，
我开玩笑的，
开玩笑也不行吗？
像今天这样的日子，如果连开玩笑都不行的话……

母亲：他在开玩笑，他以前也开过这样的玩笑。

安托万：你继续说吧。

卡特琳娜：我们给他取了和您父亲一样的名字，
我觉得，我们觉得，我们当时认为，我认为这样挺好的。
这让安托万很开心，这是一个，一个，一个他一直都有的想法，
而我呢，
我不知道要从哪里说起，

——我不讨厌这个名字。

我娘家也有这样的传统，可能遵守的情况并不多，

因为我只有一个弟弟，他不是长子，所以，

用父母的名字或者男孩的父亲的父亲的名字，

给家中长子取名，这些事情我并没有怎么注意，

然后，

既然您当时没有孩子，既然您没有孩子，

——因为我们知道这是顺理成章的……——

我的意思是，

既然您没有孩子，

安托万这么说的，

是你说的，你是这么说的，

安托万说您不会有孩子，

——这也不是一定的，但是我觉得他没错。过了一定的年纪之后，除非特殊情况，人们就放弃了，不打算要了——

既然您没有儿子，

特别是因为，

您以后也不会有儿子，

那就顺理成章了，

（好吧，对于给孩子取名这样幸福又神圣的大事来说，顺理成章不是一个漂亮的词）

那就顺理成章了，您理解我吧，

这可能看起来只是传统，老一套，但是我们就是这样生活的，

感觉是顺理成章的，

我们就对自己说，就叫他路易，和您的父亲一样，所以实际上，也和您一样。

我认为这样也会让您的母亲觉得开心的。

安托万：但你是长子，这个毫无疑问。

母亲：真可惜你没法见到他。如果轮到你……

路易：前面，说到那个小男孩，
你是怎么说来着？“传宗接代”吗？
我没有寄过卡片啊？

安托万：靠，她说的不是这个！

卡特琳娜：安托万！

第三场

苏珊娜：你走的时候，
——我对你并没什么记忆——
我没想到你会离开那么久，我没留意，
我没有防备，
我没觉得少了什么。
我很快就忘了你。
我当时很小、很年轻，大家说的，我是个小孩。

你走是不对的，
走了那么久，
那是不对的，对我来说不好，
对她来说也不好。
（她不会这么跟你说的）
而且，从某种程度上来说，对他们，

安托万和卡特琳娜，更不好。

而且，

——我不认为我搞错了——

而且这不应该，那时候不应该，对你自己来说也不应该是好的。

对你来说也是，

有时候，你也应该会，

即便你不承认，从不，

即便你可能永远都不承认，

——那跟承认很有关系——

你有时候也应该会，

（我说的是）

你也会，

你有时候应该也会需要我们，会遗憾没能够跟我们说。

或者，更聪明的是，

——我觉得你是一个聪明的人，一个人们会评价为聪明的人，一个“在某方面很聪明”的人——

或者更聪明的是，你有时候可能会遗憾没有让我们感受到这种你对我们的需要，

好让我们不得不，逼我们自己为你担心。

有时候，你会给我们寄信。

有时候你寄信，

不是信，是什么呢？

是几句话，就是几句很短的话，一行字或者两行字，就没了，人们怎么形容这个来着？

简略。

“有时候，你会给我们寄来简略的信。”

你走的时候，我想的是，

（当你走的时候我想到的）

当我还是小孩子，当你不声不响就走了的时候（事情是从那时候开始的），

我想象你的工作，你以什么谋生，将会做什么，

我想象你的工作是写作（应该是写作），

或者，不管怎么说，

——我们一个个都感受到，在这里，你知道的，你不可能不觉得，某种形式的崇拜，就是这个词，因此对你有某种形式的崇拜——

或者，不管怎么说，

如果你有需要，

如果你感受到有需要，

如果你忽然有了一种责任感或者欲望，你可能就写作了，

通过这种方式来收回走往错误方向的脚步或者继续前进。

但是，这从来和我们无关，

你从来没有运用过这个可能性，运用这个天赋（就像人们说得那样，这是一种天赋，我认为，你笑了）。

从来就和我们无关，你不使用这个才华

——这个词用到你身上挺有趣的——

你从来都不运用你所拥有的这个才华，和我们一起，为了我们。

你没有证明给我们看，你不认为值得为我们这样做。

那些都是为了别人。

那些很短的话，

——那些简略的句子——

那些话，总是被写在明信片的背面，

（我们如今已经收集了一大堆）

好像你想要，用这种方式，让人觉得你一直在度假，

我不知道，我那时是那么认为的，

或者，好像你提前，

你想要缩小留给我们的位置，

你给我们的话是不重要的，是可以随便给人看到的，

“我很好，希望你们也一样。”

甚至，对于像今天这样的一个日子，

甚至对于告诉我们这样重要的事情，

你不可能不知道这对我们是一件重要的事情，

对我们所有人，即便其他人不会跟你这样说，

你依然只是匆匆地在上面写了日期时间，在一张肯定是杂货店里买的明信片的背面，我记得，上面是一张郊区新城的俯瞰图，可以很容易地从前景看出来是国际展览园区。

她，你的妈妈，我的妈妈。

她说你是在做，

自从那个人死了之后，

她说你是在做你过去需要做的事情，

她说过好多次。

如果我们只不过碰巧要，甚至刚刚要暗示，也许，

怎么说呢？

说你不怎么，不怎么出现。

她会回答说“你是在做你过去需要做的事情”。

然后我们，我们就不说话了，

可是我们明白吗？

我们并不了解你。

我猜想，我那时候猜想，安托万和我想的一样，

他肯定了我的猜想，当他认为在这一点包括其他方面，我已经足够懂事的时候，

那就是你从不会忘记我们的重要日子，

每一个人的生日，

你总是以某种方式，留在她的身边，

所以我们没有任何权利来指责你的缺席。

这真奇怪，
我本来想要开开心心地，开开心心地和你在一起，
——对自己这么说，然后准备着——
而现在我却在指责你，你听着我说，
你好像一直在听我说，没有打断我。

我一直和她住在这里。
安托万和卡特琳娜，他们和孩子们一起住
——我是路易的教母——
他们有一栋小房子，让我纠正一下，是独栋小楼，
我不知道为什么你应该喜欢（这是我认为的），
你应该喜欢词语里面这些细微的差别，小房子，好吧，
就像很多别的房子，距离我们几公里以外，那里，靠近游泳馆那里，
你要乘 9 路巴士然后转 62 路巴士，接着你还得走一段路才能到。
挺好的，不过我不喜欢，我从来不去那里，不过它挺好的。
我不知道为什么，
我说着说着，
感觉自己要哭出来了，
所有这一切。
安托万住的地方靠近游泳馆，
不，那不好，
那是个比较难看的街区，他们进行了改建但还是不行，
我一点也不喜欢他们住的地方，很远，
我不喜欢。
他们总是过来这里，但是我们从不去那里。
这些明信片，你本可以选得更好，我不知道，我本应该将它们贴在墙上，

我本应该把它们给别的女孩子们看！

算了。这些都不算什么。

我一直都和她住在这里。我想要离开，但是不太可能，

我不知道要怎么解释，

怎么说，

所以我不说。

安托万认为我有时间，

他总是这样说，你到时候就知道了。（也许你早就注意到了）

他说我现在这样还不错，

而实际上，要是考虑一下，

——而实际上，我要是往那方面考虑一下，我就会笑，就是这样，我就会笑——

实际上，我在这里还不错，我说的不是这个，

我不走，我留在这儿，

我一直住在老地方，但是还不错。

也许，

（我们能够猜到那些事情吗？）

也许我的生活会一直这样，我得认命，好吧，

有一些人，他们是大部分人，

有一些人他们在他们和他们父母出生的地方，

度过他们的整个人生。

他们并不是不幸福，

应当知足了，

或者至少他们并不会因此而不幸福，不能这么说，

而这也许就是我的命。就是这个词，我的命运，这样的人生。

我住在三楼，我有自己的房间，我守着我的房间，

还有安托万的房间，

还有你的房间，如果我愿意的话，

但是那个房间，我们什么都没动过。

那就像一个杂物间，并没有什么恶意，我们把一些没有用但不敢丢掉的旧东西放过去，

某种程度上来说，

这里要好得多。

当他们反对我的时候，他们都会说，

比起我离开家挣到钱能找到的房子，这里要好得多。

就像公寓一样。

就像公寓一样，可是，说到这里我就打住了，

可是，这并不是我的房子，这是我父母的房子。

不一样，

你应该能理解这一点的。

我也有属于我自己的东西。家居用品，

所有这些，电视还有听音乐的设备，

我那上面还有更多，

我等一下给你看。

（还是安托万）

那里比这边下面要更舒服，

不，不是“这边下面”，不要笑我，

是这里，

所有这些属于我的东西，

不是都付完钱了的，还没付清呢，

但是它们属于我，

直接地属于我。

如果我不继续付钱的话，它们就会被拿走。

还有什么？

我说得太多了，但我实际上不是这样的，
有人的时候我总是会说很多，但是其他时候，我并不这样。
相互抵消吧，
相对来说我不怎么说话，
我们有一辆车，不是属于我一个人的，可她不愿意学车，
她说她害怕，
所以我是司机。
这样很方便，我们可以自己开车不用求别人了。

我说完了。

我想说的是，一切都很好，还有，你的担心，
实际上，
是多余的。

第四场

母亲：星期天……

安托万：妈妈！

母亲：我什么都没说，
我在对卡特琳娜讲。
星期天……

安托万：她都背得出来了。

卡特琳娜：让她说吧，

你总不能不让人说话啊。
她才要开口说。

母亲：这让他不舒服了。

以前我们工作的时候，
他们的父亲工作，我也工作。
而星期天，
——我管我讲，你不要听——
星期天，因为，工作日的晚上很短，
第二天得早起，工作日的晚上不一样，
而到了星期天，我们就会出去兜风。
总是去，从没断过。

卡特琳娜：你去哪里？你要干吗？

安托万：没有，
我不去任何地方。
你要我去哪里？
我哪儿也不去，我在听。
星期天。

路易：留下来陪我们吧，为什么要走呢？我会难过的。

母亲：就像我说的，
你不认识他了吗？他还是一样的坏脾气，
小心眼，
从小就这样，就只会这个！

随自己开心，
他一直以来都是这副样子。

星期天
——我前面在说的是——
星期天我们出去兜风。
我们没有一个星期天不出去，这就像一种仪式，我说的是，一种仪式，
一种习惯。
我们出去兜风，从不落下。

苏珊娜：那是过去的故事。
当我很小的时候，
或者当我还不存在的时候。

母亲：好吧，那时候我们开车去，
现在我们不再这么做了，
我们开着车。

那时候我们并不是真的有钱，不是，但我们有一辆车，我想我认识他们的父亲的时候他就已经有车了。

那甚至是在我们结婚以前，结婚之前？①
在我们结婚之前，我就见到过。
——我就经常见到它——
他有一辆车，
是这个小地方最早的一批，
又旧又难看，开起来声音还很大。
但是，那可是一辆车。

---

① 译者注：原文中为对法语动词时态运用的不确定，由于中文中无对应，故稍做调整。此类对于语法的不确定变现出路易的家人面对路易时格外注重自己的遣词用句，因此不断对语言进行修正，以求更为准确。

他工作之后拥有了这辆车，
是属于他的车，他对此很骄傲。

安托万：我们信任他。

母亲：然后过了一些时候，有了我们的车，
但是他们应该不记得了。
他们记不起来，他们太小了。
我想不起来了。是的，也许吧，
我们换了车，
我们的车是长的，加长的，
“流线型的”，
黑色的，
因为黑色，他这么说的，他的想法是，
黑色显得更加“时髦”，他用的是这个词。
实际上主要是因为他没找到别的颜色。
红色，我了解他的，红色，是的，我想他应该更喜欢红色的。

每个星期天早上，他洗车、擦车，他对这些上瘾，
要花上 2 个小时，
下午，吃完午饭，
我们就出发。
那时候一直都这样，我不知道，
有好几年吧，美丽而漫长的几年，
就像一个传统，每个周日，
无论刮风，无论下雪。
他是这么说的，要提到每一种情况，
“无论下雨，无论刮风，无论降雪”。

每个周日，我们都出去兜风。

有时候，

五月的第一个星期天，我不记得为什么了，

也许是一个节日，

我的生日 5 月 8 日之后的第一个周日。那一天，

也有可能 5 月 8 日恰巧是周日，

还有暑假的第一个周日，

——我们说我们是“去度假”，一路上按着喇叭，而晚上回来的时候，我们总会说还是待在家里最好，

像这样的蠢话——

还有反过来，在开学前一段时间，我们度假回来，情况也是一样的。

有时候，

我想说的是，

我们去餐厅吃饭。

总是离这儿不远的那几家餐厅，饭店老板都认识我们，我们也总是点一样的东西。

招牌菜和时令菜，

炸鲤鱼或者奶油焗蛙，不过他们不喜欢。

接着，他们 13 岁和 14 岁了，

苏珊娜很小，他们不太喜欢对方，总是斗嘴，这也总让他们的父亲生气，这样几次以后就结束了，一切就都不一样了。

我不知道我为什么说这些，我不说了。

还有几次，

我们野餐，就野餐，我们去河边。哇哦！

那是夏天，我们在草地上吃东西，金枪鱼蛋黄酱米饭色拉加水煮蛋

——那家伙总是那么喜欢吃水煮蛋——

然后，他们的父亲还有我，我们睡一会儿。躺在毯子上面，一块很大的红绿相间的毯子上，

而他们，他们开始打打闹闹。

那样真好。

然后，我没什么别的意思，

然后这两个长大之后，我就不记得了。

谁知道这一切是怎么消失不见的呢？

他们不再愿意回来陪着我们，他们骑着自行车朝向不同的角落，自己玩自己的，

只有苏珊娜和我们在一起，

也就不必再那样了。

安托万：是我们的错。

苏珊娜：或者是我的。

第五场

路易：也许是差不多 10 天之前

——那时候我在哪里？——

应该是 10 天前，

也许就因为这个唯一的、微不足道的理由，我决定回来这里。

在我起床之后，

我对自己说，我要去看他们，

探望他们。

然后，接下来的日子里，
尽管我给自己找过不少很好的理由，
我都没有再改变主意。

十天之前，
我在床上醒来，
平静地，
——已经很久，
到如今有一年了。一开始我说过，
我已经很久没有这种想法了。每天早上，我一醒过来，一而再再而三地，脑子里都只有一个念头，关于我即将到来的死亡——
我醒来，平静地，
带着这样奇怪而清晰的念头，

我不知道我是否可以好好地把它说出来。

带着这样奇怪而清晰的念头，
觉得我的父母，我的父母，
还有其他人，我这一生中的所有人，
我最亲近的人，
我的父母还有所有我亲近或者亲近我的人，
过去我的父亲，假设我还记得，
还有今天在这里的我的母亲、我的弟弟，
还有我的妹妹，
我觉得所有人在我走之后对我形成了某一种印象，
某一天他们不再爱我了，他们不爱我了，
大家不再爱我了。
（我想说的是）

“最终”，
像是出于对我的失望，像是出于对我的厌倦，
他们永远地放弃了我。因为我要求他们放弃。

就是这样的印象，我找不到词语表达了。
当我醒来，
——那一刻，我从睡眠中出来，一切是清晰明朗的，我觉得抓住了它，那转眼即逝的一瞬间——
人们永远地放弃了我。
一点一点，
只留下我自己，在人群之间的孤独中，
因为人们不能触及我。
碰到我，
所以必须放弃我。

人们放弃我。他们把我放弃了。
所有人，
以某种方式，
在千方百计想把我留在他们身边之后，
也在努力对我说这些之后，
因为我让他们泄气了，
因为他们试着去理解，让我安息就像是不再为我担心，那是更加爱我。

我明白了这份我所抱怨的爱的缺失，一直都是我之所以懦弱的唯一原因，
在此之前我从来都注意到，
比起我自己，这份爱的缺失对别人的折磨要更加沉重。

我带着奇怪的绝望的以及挥之不去的想法醒来

我活着的时候人们爱我的方式，就已经如同他们爱死去的我那般
从来不能够也不知道该对我说些什么。

第六场

路易：您什么都不说，没听到您怎么说话。

卡特琳娜：对不起，不，我不知道。
您想要我说什么？

路易：我对刚才的意外感到很抱歉。
我是想要您知道，
我不知道他为什么这么说，我搞不懂安托万。
他总是希望我觉得没意思，他应该是想让您讨厌我。

卡特琳娜：我没想过，我没有去想，这不重要。
为什么您要这么说：
“他应该是想让您讨厌我”。
他应该“是想让我讨厌您”，
这个想法很奇怪。
他适当地谈起过您，但是他说的并不多，
几乎从来不说，
我不觉得他谈起过您，像您说的那些，
从来没有，您搞错了。
他觉得，我想他是这么觉得的，他觉得您不想知道关于他的任何事情，是这样的，您不想知道有关他生活的任何事情，对您来说那些是微不足道的，
我，孩子们，所有这些，他的职业，他做的工作……
您知道他做什么吗？您知道他的职业是什么吗？

那或许不算什么职业，

您有一门职业，职业就是得学习一些东西为了从事这一行做准备，我没搞错吧？

您了解他的情况吗？

情况并不糟糕，本来会更加糟糕的，但是现在一点也不糟糕。

您了解他的工作吗？他做什么？

我并不是怪您，只是您把事情想成这样会让我觉得不安。

如果您这样想的话，那是不对的，您搞错了，这不是怪您。

我自己，我也只能说，我自己也实在不能确切地，我实在不能确切地跟您说出他的岗位。

他在一个做工具的小厂里工作。

那里，

人们把它称为做工具的小厂，我知道在哪里。

有时候我会去等他，

现在基本上不会了，但是以前我会去等他。

他做工具加工，我觉得，按理来说是这样的，我这样认为，

还有什么要补充的？

他应该是在加工工具，但是我实在没法解释他每天要处理的各种工序，我也实在不能怪您不知道这些，我不能。

但是他，他能够推测。

他肯定会推测出，

您对他的生活不感兴趣。

或者换句话说 —— 我不想要让您感觉我是在冤枉您 —— 他也许觉得，

我觉得他是这样的。

您应该记得，他年轻的时候应该跟现在没两样。

他也许觉得他的工作并不有趣，或者不容易，确切地说，不容易让您感兴趣。

我并不是要指责您。

（也许有吧？）
我并不是要指责您。
不过我认为他并不是完全错误的。
您不认为吗？或者我搞错了？我现在还在搞错？

路易：您不是，实际上，
您说得挺对的。
至于我，我希望，我过去一直希望，
我会很开心能够……

卡特琳娜：什么都别跟我说，我要打断您，
您最好什么都别跟我说，您也许可以告诉他您要对他说的事情。
我认为这样更好，不会有什么不方便的。
而我，我说了不算，我不能给您转告什么。
我就是这样，
这不是我该做的。
或者至少，在我想象中不应该是这样。

而至于您，
您刚才是怎么说的？
“讨厌我”。

路易：我没有什么要说的或者不能说的，我不觉得。

卡特琳娜：很好，完美，那就更好了。

路易：回来！卡特琳娜！

第七场

苏珊娜：那个姑娘，难以相信第一次见到她的时候，
我们以为她穷苦柔弱，像是得了结核病或者一个人孤苦伶仃。
但是我们搞错了，
不能这么觉得。
她知道怎么做选择和做决定。
她头脑简洁清楚。
她的表达能力也很好。

路易：你总是像这样吗，苏珊娜？

苏珊娜：我吗？

路易：是的，“像这样”表达“你的意见”？

苏珊娜：不，老实说，
越来越少了。
今天，是有一点，但是以后不太会了。
因为你的大驾光临最后爆发了一下，只不过是为了向你表示遗憾。
什么？
再说一遍？

路易：怎么了？

苏珊娜：一般来说，按照往常，在这个时候，安托万，
安托万会对我说，

“闭嘴，苏珊娜。”

路易：对不起，我不知道。
“闭嘴，苏珊娜。”

第八场

母亲：这与我无关，
我经常掺和进与我无关的事情。我改不了，我一直都这样。
他们想要和你聊聊，所有这些事情。
我听到他们说的了，
而且我也了解他们。
我知道。
我怎么可能不知道呢？
即便我没听到他们这么说，我也很容易猜得到，
我哪怕自己猜也猜得出来。
他们想要和你聊聊。
他们一知道你要回来，就想要和你聊聊。
很久以来想要和你说的一些事情，终于有了机会。

他们想要跟你解释，但是他们解释不好，
因为他们不了解你，或者了解得不对。
苏珊娜不清楚你是什么样的人。
那不是了解，那是想象，
她总是想象但是对于现实却一无所知。
而他，安托万，
安托万，就不一样了。
他了解你但那是以他的方式，就像对所有事情和所有人，

他了解每样事物都是以他自己想要了解这个事物的方式，
自己形成一种想法，然后就紧紧咬住不放。

他们想要跟你解释。
很可能他们会这样做，
笨拙地，
我想要说的是，
因为他们害怕你留给他们很少的时间，
很少的你和他们在一起相处的时间。
——我也是，我不抱有幻想，但我也害怕你不会在我们身边停留很长时间，在这个角落。
你不过刚刚到，
我就发现你，
你只不过刚刚到，你就已经认为你犯了一个错误，然后你就想要马上离开了，
不要跟我说什么，别跟我唱反调——他们会害怕的（那也是一种害怕）。
他们害怕只有很少的时间，而他们不会好好地利用这些时间，
说得不对或者说得太快，
用一种过于鲁莽的方式，到头来又都一样，
甚至让人感觉很冲，
因为他们的性格很冲，一直都这样，改不了的。
而且还固执，
这是他们的风格，
而你是不会理解的，我知道会发生什么，过去一直都是这样发生的。
你会勉强回答三言两语，
你会保持冷静，这些你好像是自学成才的，
——我和你的父亲都不是这样，
你父亲更加不会这样，

这种在任何情况下保持冷静的狡猾和让人讨厌的态度，不是我们教你的，我不记得是这样

或者不是我的责任——

你会勉强回答三言两语，

或者你会微笑，那是一样的。

你将会对他们微笑。

过段时间，他们将只会记得，

然后，接下去，

到了晚上睡觉的时候，

他们只会记得这个微笑，

那会是他们想要保留的你的唯一回应，

而他们会一而再、再而三地想起这个微笑，

什么都不会改变，相反地，

这个微笑会使得你们之间的问题更加严重，

那会像是一道轻蔑的痕迹，一个最痛的伤口。

她，苏珊娜，会因为这两三个词而感到难过。

因为扔给他们的“不过三言两语”，

或者因为我前面说的那个微笑。

而因为这个微笑，

或者因为“不过三言两语”，

安托万会变得更加固执，

更加冲动。

当哪天他必须得提起你的时候。

或者他就保持沉默，拒绝开口，

而这会更加糟糕。

苏珊娜想要离开家。

她也许已经说过，

远走他乡，过另一种生活。

（她所认为的）

在另一个世界里，那些故事。

没什么很不一样的，如果我们回忆起来。

（我回忆起来）

没什么跟你很不一样的，你那时候比她更小，

也并不是就没那么严重。

一样的抛弃。

而他，安托万，他想要更多的自由。我不知道，在他生气的时候会用那个词。

——人们看不出来他在生气，但他是一个经常生气的人——

他想要和他的妻子孩子过另一种生活。

不再亏欠什么，

他心里面的另一种想法，他经常反复提到这个想法。

不再亏欠什么，

欠谁？欠什么？我不清楚，他有时候会说这句话，时不时地，

“不再亏欠什么”。

好吧。我听他说。所有这些，就这些。

他们想要从你那里得到这些，

他们似乎想要从你那里得到允许，

这是一个奇怪的想法。

而你说你不明白。

你说你不欠他们什么，

而他们也不欠你什么，

他们可以过他们想要的生活。

这些事情，从某种程度上来说，

并没有责怪你的意思，

这些对你来说无所谓，与你无关。

你也许没有错。

已经过去很久了（整个故事从那里开始），

你从不愿意负责，也从来没有人可以强迫你负责。

（你或许也这么认为，我不知道。

我说的，

你或许也认为我错了，

认为我在捏造，

他们没什么要对你说的

这一天会像开始那样结束，

没有必要，不重要。好吧。也许吧）

他们想要、他们希望的是，也许你能够鼓励他们。

——他们不是一直都缺这个，缺少人鼓励他们吗？——

想要你鼓励他们，允许他们或者禁止他们做这个或者那个，

想要你对他们说，

想要你对苏珊娜说，

——哪怕那不是真的，哪怕是编造一个谎言？只是许下一个事先知道不会实现的承诺——

想要你对苏珊娜说，让她有时候，

一年两三次，

去看望你。

说她可以，

说她不妨可以去看望你，如果她心血来潮，

如果她有这个想法了，

不妨可以去你现在住的地方，

（我们不知道你住在哪里）

说她可以过去走动走动，去个几次，说你很乐意，
不是你显得乐意，而是你真的乐意，
你是真心诚意的。

想要你给他，
安托万，
一种他不用再对我们负责的感觉。
对她或者对我。
——其实他从来就没有负责过，
这个我比谁都清楚。
但是他一直都认为他承担着责任，
他一直都想要这么认为。
总是这样子，这些年来，
他想要对我负责，对苏珊娜负责，在他的人生中没有什么比责任更重的了。
而偷走一个并不属于他的角色是一种痛苦也是一种罪恶——
想要你给他这样的感觉，
这样的错觉，
想要你给他一种轮到他，总算轮到他来抛弃我的错觉。
他就似乎有权利、也有能力，
来实施这样一种懦弱
（对此我确定，在他眼中，那是一种懦弱的行为），
而他不会这么做的，
他将会给自己设下别的圈套，
或者他会用一些更加隐秘的理由不允许自己这么做。
但是他心里是如此渴望想象，想要放胆去想象一下那是什么样子。
那是一个极少想象的男孩，这让我觉得难受。

他们两个都希望你更常回家，

希望你更多出现，
更经常出现。
希望他们能够和你在一起，叫你的名字，
和你吵架，然后和好，把客套甩掉，
这份对于不常在的或者陌生的长兄
不得不表示的客套。
你得承担一些责任，
然后就轮到他们可以改变。
他们将会有这样的权利，并且可以滥用这份权利，
最终轮到他们终于可以成为彻头彻尾的骗子了。

微笑？
不过“三言两语”？

路易：不。
只不过微微笑了一下。我一直在听。

母亲：我要说的就是这些。
你几岁了，
你现在几岁了？

路易：我吗？
你问我？
我34岁了。

母亲：34年。
对我来说，也是过了整整34年。
我都没有意识到。

那是很久吗？

第九场

母亲：下午了，总是这样，
吃饭的时间要更久一点。
没什么要做的，跷着腿休息休息。

卡特琳娜：您还要点咖啡吗？

苏珊娜：你这一辈子都要称呼他为“您”吗？他们要“您”来“您”去到什么时候？

安托万：苏珊娜，他们想怎么样就怎么样！

苏珊娜：可恶，你烦死了！
我又没跟你聊天，我没跟你说话。我不是在跟你说话！
他已经不能管我了，总是像这个样子，你不要再总是管我了。
我没问你什么事。
我对你说什么了？

安托万：你怎么对我说话的？
你像这样对我说话，
我从来没听你这样说话过。
她想要装样子。
因为路易在这里，因为你在这里，
你在这里所以她要装样子。

苏珊娜：这跟路易有什么关系？

你在胡说什么啊？

这不是因为路易在这里，

你在说什么啊？

可恶，可恶，真他妈可恶！

懂了吗？听到了吗？理解了吗？

你是想看我比中指吗！好吧，那我就比给你看吧！

母亲：苏珊娜！

别让她走。

这是怎么回事？

你得把她抓回来！

安托万：她会回来的。

路易：是的，我很想要。来一点咖啡吧，我很想要。

安托万：“是的，我很想要，来一点咖啡吧，我很想要。”

卡特琳娜：安托万！

安托万：干吗？

路易：你在讽刺我。你在试着这样做。

安托万：全都一样，你们全都一个样！苏珊娜！

卡特琳娜：安托万！你要去哪里？

母亲：他们会回来的。
他们总是会回来的。

我很高兴。我没跟你说过吧，我很高兴我们都在这里。所有人聚在一起。
你去哪里？
路易！

（只剩下卡特琳娜一个人。）

第十场

路易：一开始，我们相信
——我曾经相信——
我们一直都相信，我想是这样，
这样能够让人放心，这样是为了减少恐惧。
我们对自己重复着这个解决方法，就像哄孩子睡觉一样。
我们相信有一个瞬间，
我们希望这样，
那就是其余的世界会和自己一起消失，
其余的世界也可能和自己一起消失。
熄灭了，被吞噬了，而不是在自己死去之后还依然存在着。
所有的一切都会和我一起离开，陪伴着我，永远不再回来。
我将他们一起带走，不再是孤单一人。

接下来，过了一些时候
——嘲讽重新出现，它使我不再担心，再次指引我前进——
接下来是想，我想，
在死亡以后，我们会想去看看其他人，其余的世界。

评价他们。

想象他们排队走过面前，看着他们。

他们现在朝我们而来，我们观察着他们，我们并不怎么爱他们。

太爱他们会叫人悲伤，爱不应该成为准则。

我们提前猜测他们，

大家以此为乐。我以此为乐。

我们编排他们，将他们的人生顺序一再重组。

我们也聚在一起，躺着，从云端望着他们，我不知道，就像童话书里那样，这是我的一个想法。

当我不在了的时候，他们会对我做些什么？

我们想命令、支配、险恶地利用他们的沮丧，再指挥他们一下。

我们想要听他们说话，我听不见他们说话。

让他们说一些彻底的蠢话，

然后终于明白他们心里想的是什么。

我们哭泣。

我们很好。

我很好。

有时候，这就像一场突然的爆发。

有时候，我还紧紧抓住不放，我变得愤恨。

愤恨和狂怒，

我计算，我回忆。

我咬，有时候我会咬。

重新捡起那些我已经原谅的东西，

我在溺水被救之后却想把救我的人杀死，把他们的头按倒在河水里。

我残忍地将你们毁灭，不带一丝悔恨。

我在说坏话。

我躺在床上。现在是晚上。因为我害怕，所以我睡不着。

我把仇恨吐出来。
它抚慰我也抽干我，
抽干我直到我最终消失在世上。
明天，我会再一次平静、缓慢和苍白。
我要把你们一个接一个杀掉，你们不知道而我会是唯一的幸存者。
我会是最后一个死掉的人。
我是一个杀手，而杀手不会自己死去，
得把我杀死。
我在想坏事。
我不爱任何人。
我从来没有爱过你们，过去说的都是谎话。
我不爱任何人，我是孤独的。
而孤独，让我不冒任何风险。
一切由我决定，
包括死神，它也受我的支配。
死亡伤害你们而我要的就是伤害你们。
我因怨恨而死，我因恶毒和狭隘而死，
我牺牲了自己。
而你们将会比我痛苦得更久、更深。
我会去看你们，我猜测你们，我将注视着你们，
我将会嘲笑你们，憎恶你们的痛苦。
为什么死神应该会把我变好呢？
那是担心我可能误入歧途的生者的想法。
我顽劣而平庸，只拥有渺小的恐惧和微弱的忧虑，
糟糕透顶：
对于我，对于过去所有这些属于我的事情，你们要怎么处理？
这并不美丽，而并不美丽使得我不那么遗憾。

再过了段时间，
几个月之前，
我逃跑了。
我环游世界，我想要成为漂泊的旅人。
所有垂死的人都有这样的抱负，一头撞碎房间的窗玻璃，
展开愚蠢的翅膀，
漂泊，迷失以及
认为消失、
奔跑在死神之前，
企图把它甩在身后，
使得它永远也无法追上我或者永远也无法找到我。
我不再待在我过去一直待的地方，我将去远方。
不再藏身在苍茫之地的洞穴之中，
自欺欺人、冷笑挖苦。
我游历各地。
我喜欢做一个文青，一个看上去文弱、做作的年轻人。
我是一个局外人。我自我保护。我随机应变。
要在机场的候机厅里才可能看到我，带着我的秘密，我让人信服！
临近的死神和我，
我们互道永别，
我们散步行走，
在夜晚薄雾飘散的荒芜街道上，我们心怀喜悦、漫漫而行。
我们优雅潇洒，
我们美丽神秘，
让人丝毫捉摸不透。
午夜的接待人员尊敬地对待我们，或许我们可以把他们诱惑。
我什么也没做。
我假装，

我伤感怀旧。

我了解不同的国家，我看书，我从文字上欣赏它们，

我又看到了一些回忆的画面。

有时候我绕了很大的圈子重新开始，

而其余的日子里，

我不清楚也不理解，

有时候我想要躲避一切，一无所知。

我什么都不相信。

而当一个晚上，

在火车站台上，

（那是一个挺俗套的画面）

在一个宾馆房间里，

“瑞士纳沙泰尔丹格利特酒店”或者什么“西西里国王酒店”，对我来说都一样。或者在一个饭店的第二餐厅，里面满是寻欢作乐的人们，而我在喧闹之中不为所动地独自晚餐，

有人过来轻拍我的肩膀，带着迷途少年悲伤又友善的微笑，对我说：

“有什么用呢？”

这句“有什么用呢？”

把猎物赶向了死神。

——死神最终不费吹灰之力找到了我——，

这句“有什么用呢”把我带回了家中，把我遣送回去，

怂恿我从那些可笑而无用的逃跑中回头，

并命令我从今以后停止游戏玩耍。

时辰已到。

我倒过来重新穿越那些风景。

每个地方，即便是最丑陋、最无趣的地方，

我也想要记下来我对它的最后所见。

我企图记住这些。

我回来，我等待。

我保持安静，现在，我保证。

不再生事，

庄重沉默，就像人们说的那样。

我认输，我输了。

我整理清点，我回到这里拜访，我让事物归位，我试图结束、归纳总结，心平气和。

我不再指手画脚，但我话中有话，弦外有音。

我扬扬得意。

从今往后，没什么能比我自己的焦虑更能够讨我欢喜。

有时候我也会，

在“那最后的时光”，

朝我自己微笑，就像等待一张照片成像。

你们的手指将它抚平，小心翼翼不把它弄脏或者留下去不掉的印迹。

“他过去的的确确就是这样”，

而这却是大错特错。

如果你们稍微想一下，你们就会承认这一点，

那是大错特错，

那不过是我装出来的样子。

第十一场

路易：我昨晚都在路上，今天早上才到的。

我是昨天晚上出发的。我本想早点到，但在路上我放弃了这个想法。

安托万：你为什么要跟我说这些？

为什么你要对我说这个？

我应该怎么回答你？

我应该要回答什么吗？

路易：我不知道，不知道。

我跟你说这个，只是想让你知道这个。

这并不重要，

我跟你说这个因为这是真的而我想让你知道这个。

安托万：别开始。

路易：什么？

安托万：你知道的。别开始。

你想要对我讲一些故事，

而我会晕头转向。

我很了解你，你要跟我讲故事了。

你那时候在车站，你等待着，

然后一点一点，你会把我弄糊涂。

算了。

昨晚你在路上，还好吗？那是怎么个情况？

路易：不，我这么说，并没有什么重要的。

是的，挺好的。

我不知道，挺无聊的旅行，你们好像总是要觉得我住在几十、几百、几千公里以外。

我一路过来，就这样没别的了。

如果你不想说什么那我也就什么也不说了。

安托万：问题不在这里。

我什么都没说，我在听你说。

立刻，马上，我没有不让你说。

然后呢？

火车站？

路易：不，没什么，没什么值得说的，

没什么重要的。

我这么说，我认为你也许会高兴听到这些。好吧，

不是高兴，是满意，

我认为我跟你说这个可能会让你觉得满意，

或者了解这个，你会很高兴了解这个的。

我在车站的餐厅里，

我不知道我是几点到达的，也许 4 点钟左右吧。

我在车站餐厅里等着，我在那里，我没有直接到这里来。

离开那么长时间，突然就回来了，

不行，她们也许会害怕的，

又或者她们不会给我开门

——我总是想象苏珊娜，现在我看到了她的样子，我发现了她是什么样子，在我的想象中，总是觉得苏珊娜会拿着一把枪来迎接我——

不行，

我等着。我对自己说。

我是想到了这个，才说到了这个的。

这些念头划过脑海，我心里觉得过一会儿应该把这些说出来（对自己的叮嘱）。

我对自己说，

我对自己叮嘱说当我过一会儿见到你的时候得跟你讲这个，

而且，是的，特别是，只是跟你说，这就是目的。不能告诉她们因为她

们可能会生气的。

我对自己说，我得告诉你我到得太早了，于是我闲逛了一会儿。

安托万： 就是这样，

千真万确，就是这样，就像我刚才说的。

讲故事，

然后就被搞糊涂。

而我，

我必须得听你说，而我永远都不会知道什么是真什么是假，

哪些是谎言的部分，

你就是这个样子。

如果真的有什么，

（不，那不是唯一的事情！）

如果真的有什么当我想到你的时候忘不了的事情，

那就只是这些没有任何意义的故事，

这些故事，我一点也不明白。

你什么都没说。

你喝着咖啡，你应该喝着咖啡。

你肚子疼因为你不抽烟，因为一大清早在那样的地方，

我比你更清楚，

像那样的地方散发着烟臭味，让人想吐，

烟雾散落在你的身上，让你头昏脑涨。

你看着报纸，

你应该变成了会看报纸的人，那些我从来不看的报纸。

——有时候，我看到有人坐在我面前，看着那样的报纸，我就想到了你，我对自己说，这应该是我哥会看的报纸，他应该跟这些人很像，于是我试着阅读报纸背面的内容，然后我马上就放弃了，我懒得看，我想干什么就

干什么！——

你努力看报纸，

因为，星期天早上，在车站的餐厅，

你周围全是去狂欢的小家伙们。

他们叽叽喳喳，不停打闹，

而你，在你的角落里，

你甚至都没法阅读，集中精神在阅读上面，

而香烟熏得你只想要离开，

你想到的恰恰是这个。

你后悔了。

你后悔进行这场旅行。

不是后悔，你不知道为什么你来到这里，你不知道是出于什么原因。

可我也是，我也不知道你为什么来，

没有人理解这一点，

而你会遗憾没有人知道，

因为如果我们知道，如果我知道，

事情对你来说就更容易了，不用拖那么久了。

而你就可以从这个苦差事里脱身了。

你来到这里是因为你下定决心要来，

有一天你有了这个想法，

想法，只不过是一个想法。

你是怎么说的来着？

你给自己的，给自己的一个“叮嘱”？可恶，或者，已经有很多年了，

我知道什么，我怎么可能知道呢？

也许从离开家的第一天开始。

刚离开家，在火车上，或者从第二天开始，马上，

——总是像这样子翻来覆去地后悔一切——

到现在为止已经很多年了，你对自己这样说。
你总是不断对自己重复，
告诉自己有一天你应该回来拜访我们，
看看我们，再见我们，
而那时候，突然地，你就下定了决心，我不知道。
你以为这对我来说很重要吗？
你搞错了，这对我来说不重要了，不再重要了。

那时候你没对自己说什么，我知道的，我看得出来。
你没对自己说什么。
你没想过要对我说什么事情，
没想过对我说任何事情。
那是些蠢话，你编出来的，
是在那时候，在你看到我的
那一刻，
你编造了这一切，为了跟我说话。
你没对自己说什么，因为你不了解我。
你认为自己了解我，但是你并不了解我。
因为我是你的弟弟，你就应该了解我了吗？
这些都是蠢话。
你不再了解我了，你不再了解我已经很久了。
你不知道我是谁，
你从来都不知道。
这不是我的问题，这也不是你的问题。
我也是，我也不了解你。
（但是我，我从来不硬说什么）
我们互相不了解，
我们没想过是在对自己不了解的一个人说着这样或者那样事情。

我们对我们想象的人说的话，
也是我们想象出来的，
不是真的，就是这样。

你想要的，你那时候想要的，
你看到了我。你不知道怎么逮住我，
“怎么抓住我”。
——你们总是这样说，“大家不知道怎么抓住他”。
而且，我也听到你说，“必须懂得怎么抓住他”，就像提到一个凶恶粗暴的人——
你想要逮住我，你开始行动。
你开口对我说话，你很清楚怎么做。
这是一种方法，这不过是一种把动物弄晕再杀死的技巧，
但是我，我不愿意，
我不想要这样。
为什么你在这里，我不想知道。
你有权利，仅此而已，没别的了。
你也有权利不在这里，
对我来说都一样。
这里，某种程度上来说，也是你的家，你想来的时候都可以来，而你也可以走，你永远有权这么做，
这与我无关。
在你的人生里不是每件事情都与众不同，
在你微不足道的人生里，
也一样不过是微不足道的人生，对此我不应该害怕，
不是每件事情都与众不同，
你可以试着将一切都变得与众不同，
但不是一切都会与众不同。

路易：你要去哪里？

安托万：我不想待在那里。

你现在要跟我聊聊了，

你想要跟我聊聊了，

而我必须得听你说，

可我不想要听你说。

我不想要。我害怕。

总是必须听你讲所有的事情，

总是，一直都是，

一直以来你对我说而我就得听你说。

那些从来不说什么的人们，就被认为他们愿意听，

但是你往往不知道的是，

我不说话是为了让人跟我一样闭嘴。

卡特琳娜！

幕 间

第一场

路易： 这就像是白昼之中的黑夜，什么也看不见，我只听到声音，我听着，我迷路了，我找不到任何人。

母亲： 你说什么？
我没听到，再说一遍。
你在哪里？
路易！

第二场

苏珊娜： 就你和我了。

安托万： 是你希望的。

苏珊娜： 我刚刚听到了，你在喊叫，
不，我认为你在喊叫，
我认为我听到了。
我来找你，
你们在争吵，你们又那样了。

安托万： 我很恼火，我们很不开心。
我没想到他会这个样子，

但是“正常情况下”，其他日子里，
我们不是这样子的。
我们以前并不是这样的，我觉得不是。

苏珊娜：不是一直都这样。
其他日子里，我们各走各的路，
谁也不去碰谁。

安托万：我们和睦相处。

苏珊娜：这就是爱。

第三场

路易：接下来，还是在我的梦里，
屋子的每一个部分都一点点在远去，
我再也无法将它们抓住。
有几小时的路要走，而我什么都辨认不清。

母亲的声音：路易！

路易：就像小时候在夜里行走，为了让自己不感到害怕，
因为必须快点回去，
我对自己重复着这个，
或者说我对自己低声唱着这个，为了只听到我自己的声音，
除此之外，别无其他。
我对自己唱着，从今往后，
最糟糕的事情，
“我很清楚，

最糟糕的事情，
也许就是我心里有爱。
最糟糕的事情，
是我想要再等一会儿，
最糟糕的事情……”

第四场

苏珊娜：这个我不懂。

安托万：我也不懂。

苏珊娜：你在笑吗？我从没见过你笑。

安托万：我们都不懂。

卡特琳娜的声音：安托万！

苏珊娜（喊道）**：**什么事？
　　我现在不懂，我以前也没弄明白过。

安托万：可能我永远都不会明白。

苏珊娜：我永远都不会明白。

母亲的声音：路易！

苏珊娜（喊道）**：**什么事？我们在这里！

安托万：你不明白……

苏珊娜：其实并没那么远，他本来可以回来看我们的，
多一些次数，
并没有什么悲惨的事情发生，
没有什么悲剧事件，没有背叛发生，
我理解不了这个，
或者我没有办法理解。

安托万：“就是这样。”
没有别的解释，什么都没有。
过去也总是这样，令人向往，
我不知道是不是可以这么说。
令人向往却又如此遥远，
所谓的，状况还不允许。
一走了之，从没觉得有必要或者应该回来。

第五场

卡特琳娜：他们在哪儿？

路易：谁？

卡特琳娜：他们，其他人。
什么人的声音都听不到了。
你们在吵架，安托万和您。
我没搞错。
大家听到安托万发火了，
现在好像所有人都走了，

我们找不到他们了。

路易：我不知道。他们应该去那里了。

卡特琳娜：您要去哪里？
安托万！

苏珊娜的声音：什么事？

第六场

苏珊娜：我不幸吗？
或许我是可悲而不幸的吗？

安托万：不，你从来都不是。
不幸的人，是他，
那个这么多年来不见你的人。
今天你认为你是不幸的，
但其实你们是相似的。
他和你，
而我也和你们一样，
你只不过在过去决定了让自己那样，认为应该是那样的，你想要这么认为。
你想要自己不幸因为他很遥远，
但这不是理由，这不是一个好的理由。
你不能够让他负这个责任，
这完全不是理由，
这不过是一种手段。

第七场

母亲：我在找你们。

卡特琳娜：我没走开，我没听到你们的声音。

母亲：是路易吧，我听到的是路易吗？

卡特琳娜：他去那里了。

母亲：路易！

苏珊娜的声音：什么事？我们在这里！

第八场

苏珊娜：为什么我们叫你，你都不回答？
她刚刚在叫你，卡特琳娜叫过你，有时候，我们也一样，
我们也叫你，
但是你从来不回答。
于是就必须得找你，我们得找你。

安托万：你们总是能够把我找回来的，
我从来都不会消失很久，
记忆中你们从来都没有，
“说到底”，
你们从来都没有彻彻底底找不到我。

只不过在这里，很近的地方，你们可以对我放心。

苏珊娜：你可以试着让我更难过，
或者更糟糕，那是一样的，
这样行不通。
你也是，你也有很多小手段，
我知道的，你以为我不知道吗？

安托万：我说的是：
“找回来。”

苏珊娜：什么？
我不明白，你真够狡猾的，你刚才说的，你说的是什么意思？
回来！

安托万：闭嘴，苏珊娜！

（她笑着，一个人待在那里）

第九场

母亲：路易。
你没听到我一直在叫你吗？

路易：我一直在这儿。有什么事吗？

母亲：我不知道。
没什么，我以为你走了。

第二部分

第一场

路易：再晚一点，接近傍晚的时候，
完完全全就是这样，
当我思考，
和我之前想象的一样。[①]
接近傍晚的时候，
我没有把任何埋在心里的事情说出来。
——那只不过是一个想法，但是并不可行——
我没有敢做这样的坏事，
我重新上路。
我提出要人陪我去车站，
让我离开。

我答应以后我不会过那么久
才回来，
我撒了谎。
我答应不久之后会再回来，
类似这样的话。

接下来的，
几个星期，也许几个月，

① 译者注：这一句和前面的“完完全全就是一样”是连在一起的，作者故意把几句话互相穿插，形成一种回返往复的韵律感，此为剧本的特色，因此在翻译时尽量保留了原文的格式。

我打电话回家，告诉他们我的消息。
我听他们讲他们的故事，我付出一些努力，
我怀着诚意和爱，
只不过那是最后一次了，
我告诉自己，不让别人察觉到。

她，她抚摸我的脸颊，就那么一次，
轻柔地，仿佛在向我解释说她原谅了我，尽管我不知道我犯了什么错。
为我所不知的这些罪行，我感到遗憾。
我感到内疚。

安托万在门口，
他挥动着车钥匙，
他说了好几次，他一点也不想催我，
说他不希望我走，
说他永远不会赶我走，
可是到离开的时候了，
尽管这一切都是真的，
看上去却像是叫我滚蛋，这是他给我的印象。
我带着这样的想法离开。
他没有留我。
尽管没有告诉他，但我敢在心里指责他。

我要为此报仇。
（有一天，我赋予了自己所有的权利）

第二场

安托万：我送他去吧。

我送你。

我们可以的，是我们应该的，

这样很方便。

我可以开车，

在回家的路上把你送过去。

这样顺路的，顺道，只不过稍微绕一点路。

我们送你，放你在那里下车。

苏珊娜：我，我也可以的，

你们留在这里，我们一起吃晚饭。

我开车，我来开车，

送完我马上回来。

这样更好，

不过你们从来不听我的。

一切都决定好了。

最好他跟我们一起吃晚饭，

你可以和我们一起吃晚饭。

——我不知道为什么，我觉得累了——

然后他乘下一班火车，

这怎么样？

这样更好。

我知道我的提议没什么用……

你说些什么吧。

母亲：他们想怎么样就怎么样。

路易：最好是我睡在这里，过夜，等到明天再走。
最好是我明天在家吃午饭，
最好是我再也不工作了，
我抛掉一切，
我和我的妹妹结婚，我们一起快乐地生活。

安托万：苏珊娜，我说过我来送他了，
她真是不可理喻。
一切都安排好了可她又要变，
你真是不可理喻。
他想要今晚出发，你却总是在重复一样的事情，
他想要走。他要走。
我送他，把他放下来，这样顺路，
这样不麻烦。

路易：这样既方便又舒服。

安托万：就是这样，千真万确，
怎么说来着？
“两全其美”。

苏珊娜：你怎么这样让人讨厌，
我真搞不明白。
你真让人讨厌。看看你怎么跟他说话的，

你真是讨厌，真是莫名其妙。

安托万：我吗？

说的是我吗？

我讨人厌吗？

苏珊娜：你自己都意识不到吗？

你很讨厌，莫名其妙，

你不知道自己在说什么，你不知道……

安托万：这又是怎么回事啊？

她今天真的是不可理喻，我说过了。

我不知道她干吗要针对我。

我不知道你干吗要针对我。

你今天很不一样。

是不是因为路易，因为路易在，

我不知道，我试着去搞明白。

是不是因为路易，

卡特琳娜，我不知道，

我什么都没说。

也许我忽然搞不明白了，

卡特琳娜，帮帮我，

我什么都没说。

我们在安排路易怎么走，

他想要走了，

我准备送他，我说了我送他，其他什么也没说。

我还说了什么呢？

我没有说什么让人不开心的事情，

为什么我要说什么让人不开心的事情呢？
这里面有什么让人不开心的事情呢？
我说的话里面到底有什么让人不开心的事情？
路易！你觉得呢，
我说了什么让人不开心的事情吗？
你们一个个都别这么看着我！

卡特琳娜：她没对你说什么难听的话，
你有点粗暴，我们什么都没法跟你讲。
你自己没有意识到，
你有时候有一点冲。
她只不过想提醒你注意这个而已。

安托万：我有一点粗暴？
为什么你这么说？
不。
我不粗暴。
你们真厉害，一起这么对我。

路易：不，他并不粗暴，我不理解您这么说的意思。

安托万：哦，你啊，不用啦，别“好心好意”的了！

卡特琳娜：安托万。

安托万：我没事，别碰我！
你们想怎么样就怎么样吧，我不想要做坏事，我一点也不想要做坏人。
我总是必须做坏事。

我只不过说，

我觉得这样挺好，我想要说的只不过是

——你，你也一样，别碰我！——

我没说什么难听的话。

我只不过说我可以送他，而现在，

你们都像看一个奇怪的野兽一样看着我。

我说的话里没有一点恶意，这样是不对的，这样不公平，你们这样想是不对的，

别总是把我当作一个傻瓜！

他想怎么样就怎么样，我什么都不管了。

我想要帮忙，但是我搞错了，

他说他要走，可这变成了我的错，

这又会是我的错，

不应该总是这个样子。

这个事情不公平，

你们不能够总是这样对我，

不可以这样。

我只不过说了，

我只是想要说，

我没有带什么坏的想法，

我只是说了，

我只是想要说……

路易：别哭。

安托万：你碰我我就杀了你。

母亲：让他去吧，路易。

现在别管他。

卡特琳娜：我想您还是走吧。

很抱歉请您原谅我，我不想对您造成任何伤害，

但还是请您离开吧。

路易：我也觉得。

苏珊娜：安托万，看着我，安托万。

我没有怨你。

安托万：我没事，我很抱歉，

我很累，不知道为什么，我总是觉得很累。

我有这种感觉很久了，我成了一个很累的人，

不是因为工作。

一个人累的时候，人们会认为是工作的关系，或者有什么烦恼、金钱的问题，我不知道。

不是的。

我很累，我不知道怎么说。

我这辈子从没有像今天这么累过。

我不想要当坏人。

你是怎么说的？

“粗暴”，我不想要粗暴，

我不是一个粗暴的人。这不是事实，这是你们的想象。你们都没有看我，你们就说我很粗暴，但我并不是这样的，从来都不是。

你这样一讲，好像突然之间我对你对所有人都是这样。
现在没事了，我很抱歉，但是现在没事了。

好像突然之间我对你，
在你眼中，
还有对所有人，
对苏珊娜，
还有对孩子们，我是粗暴的，好像人们都在指责我是一个坏人。
但这样说是不对的，
并不是这样的。
在我们年纪轻一点的时候，他和我，
路易，你应该还记得，
你和我，她之前说过的，我们总是打架，
总是我赢，总是。因为我更强壮，因为我比他力气更大，也许吧，我也不知道。
或者因为这个人，
这么说肯定更加公平。（刚刚那一瞬间我忽然想到了这个，脑子里一闪而过）
因为这个人让自己挨打，故意输掉，来扮演好人。
我不知道。
今天对我来说是一样的。
但是我并不粗暴，刚才一样的，我并不粗暴。
我只不过是为自己辩护。
所有这一切，只不过是为了给我自己辩护。
你们不可以指责我。

别叫他走，他想怎样就怎样，这里也是他的家。
他有权利，什么都别对他说。

我很好。

苏珊娜和我，
这么做并不聪明，
（这真好笑，和我一起笑吧，这真好笑，
别愣在那里。
苏珊娜？
我又不会揍他，你不需要害怕，已经结束了）
这么做并不聪明，苏珊娜和我，我们会永远在一起。
我们永远都不会松开手，
齐心协力，那是怎么说来着？
肩并着肩。
我们两个对你一个并不嫌多，你看上去并没有意识到这一点，
要对那个家伙必须至少得有两个人，
说到这个我就想笑。
今天一整天，你都站在他那一边。
你不了解他。
他不坏，并不坏。
我并没有这么说他。
但是你还是错了，
因为他不是一个完完全全的好人，他也并不是那样的，你搞错了，这么做并不聪明。
就是这样，这么做并不聪明，
真是蠢，跟我对着干。

母亲：没有人在跟你对着干。

安托万：是的，当然了。很有可能。

第三场

苏珊娜：然后，再过了一会儿。

母亲：我几乎一动也不动。
我们三个人，就像不在一样，
我们看着他们，我们不说话。

安托万：你说大家不爱你。
我听到你这么说的，过去我一直听你这么说。
在我这一辈子里，任何时候你都这么说，
任何时候。
从我有记忆以来，我就找不到哪一次你是不这么说的。
——这是你受到攻击之后结束问题的方法——
每一次，你都是用大家不爱你来结束的。
说大家并不爱你，
说从来就没有人爱过你，
说因此你感到痛苦。
当你是孩子的时候，我就听你这么说过。
我认为，我不知道为什么，尽管我无法解释，
尽管我实际上无法理解，
但我这么认为，
然而我无法证明这一点。

——我想说的是，而且这一点你应该无法否认，如果你想要和我一起回忆的话。

我想要跟你说的是，

你那时候什么都不缺，而且你并没有遭受任何我们称之为不幸的事情。
哪怕是长得丑不讨人喜欢这样的缺陷以及这些所带来的羞辱，
这些你都没有感受过，你是个被保护得很好的人 ——

我认为，
过去我也这样认为，
也许，尽管我不理解，
（就像一件出乎我意料的事情）
也许，你以前并没有错。
实际上，其他人，父母，我，其余的人，
我们对你不好。
我们伤害了你。
你说服了我，
使得我相信了你是缺少爱的。
我相信你，同情你，
并且感受到这种恐惧。
—— 恐惧恰恰就是问题所在 ——
我心中恐惧从来没有人爱你，
这份恐惧反而使得我成了不幸的那一个。
就像一直以来弟弟都觉得出于模仿和担忧，必须要和哥哥一样，
于是轮到我也不幸。
并且我还怀有负罪感，
觉得自己还不够不幸的负罪感，
觉得只是在强迫自己不幸的负罪感，
以及无法默默接受自己不幸的负罪感。

有时候，他们和我，
还有父母，他们说起这个，甚至在我面前，

就像故意揭开一个秘密，使得我也得为这个秘密负责。

我们认为，

很多人，我今天也这么认为，很多人，有男人有女人，

自从你离开我们之后你可能在一起生活的那些人，

很多人一定也这么认为，

我们认为你没有错。

既然你老是不断提到这个，就像咒骂一样总是喊叫着，那应该是没错的吧。

我们认为我们的确没有那么爱你。或者至少，

我们不懂得表达。

（不懂得表达，那是一回事，不懂得很好地表达我们爱你，应该就和没有足够爱你是一样的）

我们没能够毫不费力地说出来。

这里从来没有什么能轻易说出来的，

没有。

我们不坦诚真实的内心。

但是通过某些词、某些动作，最不经意的、最难以察觉的，

通过某些体贴的行为，

——还有另一个会让你微笑的表达，但是我现在不想再做什么傻事了，你想象不到的——

通过照顾到你的体贴行为，

我们仔细选择说话的方式。

想尽办法考虑到你，小心对待你。

我们互相鼓励彼此，要给予你证明，

证明我们比你能够想象的还要爱你。

以前我让步。

我得让步。

我总是得让步。

今天，这没什么，过去也没什么，这都是些小事情。

但我也不能，总不可能轮到我，

争着去要那无法战胜的不幸。

那不是很好笑吗！

但是我将这个留在记忆里面：

我让了步，我为了你放弃全部，我必须证明自己，大家对我重复的这个词，

我必须证明自己是“理智的”。

我必须发出更小的声音，把位子留给你，不要妨碍到你。

最终你能够活得更久一些，而我也为这般祥和的景象感到快乐。

我们过去一直在互相监督。

我们互相监督，我们让自己承担起这所谓的不幸的责任。

因为你所有的不幸从来都只不过是所谓的不幸。

你知道就像我知道一样，

而她们也知道，

今天，所有人都把这套把戏看得清清楚楚

（那些跟你一起生活的人，男人，女人，你不用想改变我的想法，

他们应该早就发现了你的欺骗，我确定我绝对不会搞错的）。

一切你所谓的不幸只不过是你在使用，过去使用过以及将来一直会使用的一种方式，

——因为你想要这样，你无法摆脱，你选择了扮演这个角色——

这是你一直以来欺骗、

自我保护和逃避的方式。

你浑身上下都没有被触痛过。

也许过了这么多年我才终于明白，

你浑身上下都没有被触痛过。

你不痛。
——如果你痛，那你应该也不会说出来，换我学会这个了——
你的所有不幸是一种回应的方式，
一种你用来回应的方式。
面对其他人，阻挡他们进入，
这是属于你的方式，你的风格。
你脸上表现的不幸就像有些人一样，有一种心满意足的愚蠢，
你选择了它，它帮助了你，而你把他保留了下来。

而我们，轮到我们互相伤害了。
大家都没有什么要自责的。
但只可能是别人损害了你，于是得让我们所有人一起承担责任。
我，她们，
渐渐地，成了我的错，只可能是我的错。
人们应该是太过爱我因为人们没有足够爱你，于是人们想把我的东西拿回去。其实他们什么都没有给我，并且也不再给我什么了。
满怀毫无意义的善良的我，绝不能抱怨，
要微笑、装模作样，
要满意，心满意足，
对，就是这个词，心满意足。
而你，永远无法解释清楚为什么，你的不幸源源不断。
哪怕付出了这些努力，都没有任何人、任何事，能够帮你排解，将你拯救。

当你走的时候，当你离开我们的时候，当你抛弃我们的时候，
我已经记不得用哪个词来定义你抛到我们脑中的最后印象，
我还是得为此负责。
保持沉默，接受命运，抱怨你，远远地为你担心，
再也不敢说任何一个反对你的词，甚至不敢想到任何一个反对你的词，

待在这里，就像一个傻瓜，等待着你。

我，我是世界上最快乐的人。
从来就没什么事发生在我身上，
就算有什么事，我也没法抱怨。
因为，“通常来说”，
从来都没什么事发生在我身上。
一次都没有，
哪怕很小的一次都没有，
没有什么能让我偷懒利用的。
而有几次，很多次，我本来可以乘机躺在地上，一动不动。
我本来想要停留在黑暗里不再回答。
这些小小的次数，我把它们堆在一起，累积了几百次在我的脑海里，
但最终总是什么都没有。
那是什么？
我不能依靠那些，
我没法把它们说出来，
我不能要求任何东西。
就像从来都没什么事发生在我身上，从来没有。
那是真的，没什么事情发生在我身上，我没有办法假装说有。

你在这里，在我面前，
我早就知道你会是这样，一言不发地指责我，
让自己站在我的面前，以便一言不发地指责我。
我同情你，我对你感到怜悯。这是个很老的词，
但是我对你感到怜悯。
还有害怕，以及担心，
尽管我这样生气，我还是希望你没有碰到任何坏事情。

而我已经在责备自己，
（你还没有走）
为我今天对你的伤害。

你在那里。
你让我承受不住，我们不能再讲下去了。
你让我承受不住。
你让我们承受不住。
我看着你，我比小时候更加害怕你。
我对自己说，我的生活没有任何可以指责的地方。
我的生活是平静温馨的。
我怪自己差点为此感到悲哀，我真是个糟糕的蠢货。
而你呢，
沉默，哦，那么地沉默，
好吧，真是善良，
你等待着，封闭在你无尽的内心痛苦之中，而我无法想象出最初的原因。
我什么都不是。
我没有权利。
而当你再一次离开我的时候，当你把我留下的时候，
我就更加什么都不是了。
只能怪自己说错话，
尽量准确地还原这些话，
我就更加什么都不是了。
只是怀着怨恨，
对我自己的怨恨。

路易？

路易：什么？

安托万：我说完了。

我再也不说了。

对于这些，只有傻瓜或者那些被恐惧抓住的人才可能会笑。

路易：我没有听到他们的声音。

尾　声

路易：然后，我所做的是，
我走了。
我再也没有回来。几个月之后我死了，
最多一年吧。

我想起了一件事，我还想继续讲出来（然后我就说完了）：
那是一个夏天，是在我离开家的那些年里，在法国的南部。
由于我迷了路。在夜里，在山中，我决定沿着铁轨行走，
这样我就不会走弯路，而且我知道它会经过我住的房子附近。
夜里，没有任何火车通行，没有危险，
这样我将会重新找到正确的路。
某一个时刻，我在一个巨大的高架桥的进口，
月光笼罩，桥下山谷隐隐约约，
我独自一人在夜里，
在天与地的中间行走，
我想到，
（我之前想说的正是这个）
我应当发出一声响亮的喊叫，
让一声悠长而快乐的喊叫在整个山谷里回响，
我应当给予我自己这份欢乐，
痛快喊叫一次，
但是我没有喊，
我并没有那样做。

我继续走着，只有砂砾上的脚步声陪伴着我。

我将为之遗憾的，正是如同这般忘却的片段。

1990年7月

柏林

现代社会**生活准则**

Les Règles du savoir-vivre dans la société moderne

宫宝荣 译

1994 年，受法国文化部的资助，拉戛尔斯应格拉尼剧院（Théâtre Granit，位于法国东北部城市贝尔福）之邀创作此剧本。同年 11 月，该剧由拉戛尔斯本人导演，首演于格拉尼剧院。

夫人：

如果婴儿出生时死掉，生下来死了，
还是必须，仍然必须，报告他的出生，
报告他的出生同时报告他的死亡，
医生还得证明死亡先于出生。

一切就如此开始。

如果婴儿出生时活着，生下来是活的，如果婴儿是活的，
有时候会发生这样的事，
如果婴儿活着出生，
就必须到母亲生产时所在的当地政府
报告他的出生。
必须在分娩后的三天之内报告出生，
之后就会为时太晚，非得费上九牛二虎之力、巨大费用 —— 数字不菲 —— 和精力，而且呢，均为法律所规定，才能拿到出生证明。

这一义务，
即到当地政府报告，
这一义务归属父亲。它是父亲的责任。

如果父亲不能去并且没有委托别人，

如果他病了、外出，这可以设想，或者死了，这可能发生，

就由为母亲接生的医生或接生婆去报告，或者由其他任何帮助接生的人，

我说不上，谁都可以。

当生下双胞胎时，

当生下孪生婴儿时，如果孩子们生下来是双胞胎而且两人都存活时，

就必须，

就得要，

就必须说明他们的出生顺序，以便能够确定哪个是老大，谁是老大，啥人是老大。

如果父亲，这一次还是这样，为了双胞胎孩子，尤其是活着生下来的双胞胎，就有双倍的理由，用词准确，如果父亲不能前往市政府又没有委托别人，如果他生病、外出，可以设想，或者死了，有可能的，依然是由两人，医生或接生婆，或由任何其他帮助接生的人，

我说不上，不管是谁，前去报告。

如果有人捡到一个新生儿，“就这样”，不管在哪里，我说不上，街上，比如圣—万森—得—保尔街，

他必须立即报告，不管婴儿是死、是活或者是双胞胎 ，那就有双倍的理由，一样的过程，没有其他办法。

上报的时候，要向政府出示婴儿，以便民政官能够验证性别，分辨男孩女孩，或者女孩男孩。

这一点，开不得玩笑。

为了登记出生，必须满足的条件有：

——法国国籍，签署能力，这符合逻辑，出具证明时所在行政区县的

住址——

为了登记出生，给孩子上报户口，两名证人的帮助必不可少。历来如此，还将长期如此。

一般来说，第一个出生的孩子由爷爷充当教父，
由外婆充当教母。
第二个孩子由外公充当教父，奶奶充当教母。

其余以此类推，可能的话，在两家人中按照年龄高低和性别轮流。这并不复杂。

不过，如果大家好好想想，我现在就在想。可悲的习俗哪，我找不到其他词来形容，我解释一下理由。教父和教母过去一直是并且现在还是替代父母，而不是其他别的什么。要是他们年纪很大，令人担心也可以想象，孩子有可能相当快地失去他们，并且还要因此失去人们本想给予他的支持。

因此明智的是，明智的将是，我的想法是，要选择那些能够长远为孩子服务的教父教母。

正如诗人维克多·雨果所说，如此保证了生命的延续。

因此建议更年轻的人充当教父教母。他们充满活力和希望，孩子将来收到的礼物加倍，不会被祖父母遗弃，同时避免讨厌的葬礼。

如此以往。

人们还可以，
——这不是一个坏主意，而是一个好的盘算——
还可以向往、希望，可以希望孩子得到家庭外部的支持，大家想一想，

家庭内部的帮助和保护是自然而然地赋予孩子们的。

因此，大家想想吧，其他的支持，外部的支持，其他的选择，即孩子的其他教父和教母，更实用也更有效。

在这种情况下，这一决定，人们还必须，还得要，还必须事先试探一下朋友或其他可能有利于孩子成长的保护人和上级的心愿，此人要对教子有兴趣。

不少人心存反感。就是反感而非其他，不少人对教父母所承担的物质和道义上的责任心存反感。人们必须了解，人们会去了解这方面的想法，要做得十分灵活、十分巧妙。

因为，必须承认的是，作为这一阶段的总结，这是某种形式的强迫征税，就是征税，不亚于征税。如果声称不是，那是假话、废话。

因此，如果不想遭到那令人气死、总是不快，不快并令人气死的拒绝的话，更不要去为难那些过于礼貌、过分敏感于拒绝别人选择了自己、却又过分无动于衷或者过分贫穷而无法承担由教父这一名称所强加的费用或责任的人。

有些人腰缠万贯却膝下犹虚。他们似乎都可以被确定为将来替代已故父母的人选。

应该向这些人士发出呼吁。

所以。务必记住，在这种情况下最好仔细想想，其实在任何情况下都要仔细想想。务必记牢，最好仔细想想，不要轻易地提供我想说的那种服务。

另外，万一您被邀请充当教父，成为教父，而您想谢绝这一邀请及其附带而来、与之相关的烦恼时，就是烦恼而非其他，

您可以、您能够，您可以回复，比方说，这是一种巧妙的手段，您可以答复说举办仪式的时候，您要，您得，您必须外出旅行，而且十分遗憾的是，万分遗憾的是您会很长时间不在家。

“在尊夫人临盆期间，我将相当一段时间不在家。”

事情就如此进行。

当教母和教父双方的事情都已经解决并被接受之后，如果大家还不相识的话，便给他们搭上关系。

孩子的父亲在仪式前一周将教父介绍给教母。他们相互见面、碰头。如果需要两人匹配，那么教父和教母最好门当户对，也就是说他们得具备同样的风度和同样的教养，这难道还需要说吗？

在这件事和其他事上，无论什么情况，永远如此，到处如此，事实上，在所有情况下，都最好是相互匹配，我把意思再说得清楚些，好的搭配是一种正确的手段，极好的方法，以便有效地应付生存本身固有的难题。这难道还需要说吗？

一旦某位男人，未来的教父，获悉孩子的父母为他所作的选择，即让他充当他们的孩子的教父之后，他会为“赋予他的荣耀”向他们表示感谢。

（或者他就不凑巧地外出旅行，正如刚才所说的那样）

至于被选中的教母，她呢，会迫不及待地感谢那些赐予她一个精神之子的父母，优雅地迎接别人给她的那位教父。如果教母是个年轻姑娘或者是个很年轻的妇人的话，那么在教父去看她的时候、在他来找她的时候，如果他来找她的话，从她家到孩子父母家相隔的路途上，必须有第三者在场。

在这方面，同样开不得玩笑。

第一个名字由教母起，第二个由教父起，第三个由母亲起。

不过，教父呢，他总是让父母和教母选择名字。

名字呢，我再说一遍，名字是由父亲、母亲和教母起的。

第一个名字由教母起，第二个由父亲和母亲起，第三个由母亲起。

这不复杂。

不能够在法律允许使用的范围之外选择名字，这样就限制了尴尬的规模。但是有的人，这种情况不少，有的人缺乏想象，那就只要在日历上查查就行，如此便巧妙地弥补了自身的不足。

请听我说，教父或者教母 ——不过大家还记得教父已经别有用心地将选择名字推给了孩子的母亲 ——，请听我说，教父，教母，如果你们想让选择名字的问题搞得更复杂并把所选名字和一些一般概念联系起来的话，那就请想想，比如，乔治的意思是“耕地者”；维克多：“胜利者”；马克西米里安：“最高者”；菲力浦：“爱马者”；贝尔纳：“猎熊者”；路易：“知人知已者”；莫里斯：“摩尔人之子”；古斯塔夫：“上帝的依靠”；索菲：“充满智慧者”；玛格丽特：“珍珠”；露茜：“光明”；还有特蕾兹，我就说到这里，特蕾兹：“会驯凶兽者”。

弄清这些词源会显得枯燥乏味。过去会显得枯燥乏味。一般而言，要弄清这些词源，事实上，总是很累人的，但大家还是很喜欢动脑筋的，我在这里就是为了动脑筋，

大家好好想想，在这样的情况下，以及在所有的情况下，我已经说过，弄清楚这些有好处，是有好处的，以便避免给袖珍父母生下的小孩起名马克西米利安，因为他会长得像父母，或者起名莫里斯，可令人担心的是母亲曾经过于频繁地出入黑白混血教授们的舞会。

大家笑，大家开玩笑，而不知不觉地在谩骂侮辱中堕落。

如此这般，永永远远。

反之，如果大家有兴趣追求新颖，我们这样来想象一下，不妨去查一查洗礼名册大全。你们会在书里面找到圣人和圣女的名字，完全真实，那会使您的能力和教养大显派头。

如果是个男孩子，可以推荐下列一些有趣的名字：

泰奥朋特、普里斯克、加努、特派斯福尔、衣艮、蒂格尔、米谢、鲍蓬、雷米德、塞拿透尔、奥斯特吕克兰、科吕贝尔奈、维雷贡、卡尔波福尔、贝莱、斯孔都勒、加尔普、阿西但、吉利贝尔奈、萨蒂尔、阿朱特、西尔、阿沃克、沃特里耶、麦特洛发奈、黑兹克、山都勒夫、斯库罗费尔、欧普莱庇斯、欧蒂西安、维路勒、维尔斯、阿马透尔、居尔科戴姆比如说。

女孩子的名字有：

山克莱蒂特、莫瑙拉特、克拉菲尔、费娜、法蒂居娜、玛克丽娜、普丽斯克、维莱波尔吉、丽克都德、鲍德、鲍塔蜜也娜、山福奥罗丝、格琳科妮、格萝蒂德、盖莉多瓦娜、布里克都勒、弗莉奥勒、米勒波尔吉、赫莱妮、楠福朵尔、卡尔蒂勒、布尔贡道福尔、戈德贝尔特、昂格拉蒂、贝尔塞维拉奈、密蒂奥勒、密萝普、山古莱娜、斯克丽比奥勒、马特罗娜、阿费奥蒂兹或者卡斯桑蒂也娜。

大家可以在这个圣人圣女名单中选择。它可是正宗的。在这些名字中为你的教子确定名字，你可以保证能让孩子全家人都高兴，保证他在快乐的读书阶段和滑稽的服役期间享有幸福。

除非孩子的健康令人担忧、有意轻生或者准备去死，要等到母亲的身体完全恢复才举行受洗仪式。

在受洗日的当天上午（或前夕），受洗日的上午，教父要送给教母几袋或几盒糖果、一束花、一只奶吸，或者代之以装在盒里的手套。

同时，他得送给教子的母亲若干盒糖果。母亲把糖果分给她的女友们，她们对教父母没有任何期待。如果教父讲究奢华 ——如果大家愿意这样想的话，因为正是这样大家才聪明地选择他 ——，他就把糖果寄给父母的朋友，当时这些朋友还没有跟家庭闹翻，还要寄给亲近的朋友们。

正是在盒子的装饰上可以证明教父对现代艺术的兴趣。

教父还得给教子一份礼物。他得送件金属礼物。一般送刻有首个字母，即教子名字的首个字母的锅、盘和匙，或是银器或是镀金银器，或者这些器皿中的一个，或者一个玩具，或其他什么东西，量力而行。

在仪式的前几天，教母向教子赠送裙子和帽子，教子在仪式那天穿戴。如果是个女孩，那就送些饰品，好鼓励她尽早梳妆打扮，这对美化生活是如此的重要。如果她愿意的话，如果她能够的话，就再加一块压脚被，全部都由她手工制作，要是她手巧的话。

仪式上，教父教母站在怀抱孩子的女人旁边，教父在右，教母在左，他们一起回答神父的各种提问，（用法语）朗诵《信经》和《天主经》，当有人邀请他们这样做时。在念驱魔咒的时候，他们和神父一起用赤裸的右手放在孩子的头上。圣水洒在孩子头上时，他们还要把手放在孩子的头上，只有祝圣词念完之后才收回。最后，他们还将接收，依然是用右手，一支点燃的蜡烛，当然在神父给孩子祝福完毕之后。

教父和教母可以让别人代表自己出席受洗仪式。这就要简单多了。

在受洗登记簿上签完字后，教父还得，这件事之后就差不多结束了，还得拿出一笔钱来放在桌上，这笔钱是给敲钟人和合唱队的孩子们的。钱要用一张白纸包好。而从教堂回家之后，教父还必须——到此为止，一切都该差不多了——必须给家中的仆人们，如果有仆人的话，给接生员、奶妈等，我说不全，不管是谁，多少给点酬谢。这些钱放在糖袋子里，只要仔细翻一翻就能拿到。男孩子的糖袋为蓝色，女孩子的为玫瑰色，这些可是既符合逻辑又行之有效的标记。

大家明白，不可以把教父的名义强加于人。前面我们已经暗示过了，现在我们再加以确定。出于同样的理由，一个地位一般的男人，有这样的男人，将承受不起当一个孩子的教父。父母也许不敢拒绝，心里却担心看到他不能尽如人意地满足教父的义务，以及在他们选择他的主要理由无法得到公正回报的情况下就被抛弃。

一场受洗仪式总是一次过节的机会，除非那些特殊情况或者不幸，孩子死啦，可能发生，母亲死啦，可以设想。

隆重也好，俭朴也好，教父可以放心，这场过节的费用总是由孩子的生父承担。男性仆人必须身着庆典制服。

所有人员都得盛装出席。这是一顿——在大多数情况下——客人团聚的晚餐。

教父和教母都被当作这天的主角来对待，因为他们就是主角。他们被安排在一起，坐在家庭主人的位置上。这是一顿丰盛的晚餐，或许把话挑明更好，一场相对于收入而言的盛宴。还有那糖果，总是出现在甜点时刻。

如果是富人，在这个幸福的日子里，不要忘记穷人和一无所有的人。给前来参加的小孩子送糖果和餐后甜点。如果是穷人，就不这样做，就是这样，人的分别由此可见。

此后的岁月里，教父和教母必须关心他们在受洗仪式上介绍过的孩子。逢到新年、他的初领圣体仪式、结婚、他第一次成功、高中会考、论文答辩、立功晋级等，他们都要给他送一份礼物，根据财力而行。除非无法履行，死亡啦，有可能的，总是这样，他们要常常去看他，安慰他，指导他，必要时责骂他。

教子在新年元旦那天给教父母写贺信或者上门拜访，一次就够。

除了狭义上的家人即父母亲、兄弟姐妹之外，他首先要把自己的初领圣体、结婚通知教父母，要求他们参加。他向他们报告取得的成绩，以便他们了解自己一生中的所有重要事件。如果他行事得体的话，获得他们对其殷勤而有效的态度而给予的物质回报。

然后，一切如此继续。

孩子受洗之后，前面提及的教子长大了，长成了一个小伙子。他看中一个姑娘。他盯上她，别人给她介绍，他自认为爱上了她。希望得到她做老婆，娶她，跟她结婚并跟她生孩子。但是他不会如此直截了当，就这么要求她嫁给自己。

他把自己的想法告诉父母，或者，如果他们不在——他们不在，可以设想，或者死了，可能发生——他们不在的话，告诉一个年长的朋友——他的保护人，某个上司，或者呢，告诉他的教父和教母。

事情呢，生活，事情以下述方式巧妙地相继进行。

那个获得小伙子倾吐心曲的人——朋友、上司、教父，谁知道呢，不管是谁——那个知心人开始与姑娘家的一个亲戚朋友联络，以便安排一场关键性的两个年轻人的约会，这场会面将会让人知道所有计划能否进行下去。

不过，在操办婚事之前，因为这确是件大事，我们不要掩盖词语的真相。介绍人必须收集确切的且来源可靠的信息，有关双方家庭的财产、社会地位、家族和遗传情况，相关的而不是可有可无的。

只有在确定双方各方面都合适之后，才应该冒险一下关键性的约会。不应该在两个年轻人见过面、双方满意之后，眼看着就因为一桩源自男方或女方意料之外的困难，一阵阴风吹向他们的梦想世界。

媒人因此求助于所有的接触资源，在进行谈判之前深思熟虑，不是别的就是谈判，这里同样，谈判双方的自尊心本身必须小心保护。我心底里的想法说得再清楚不过，提醒大家警惕暗藏的痼疾（钱财的或遗传方面的）也再明显不过了。

常常是在舞会上，有时候是在剧院里，发生这场心中企盼的约会：

求婚小伙子到包厢里去看望姑娘的母亲，借口是陪同一位他们都认识的人。此人巧妙地介绍小伙子。

然后——小伙子退出——姑娘的母亲把女儿的注意力引向他，我不知道怎样，随便，发表几句有关他的行为举止、外表长相等的话，很快她就可以在继承人——就是继承人，不是别的——身上看到他所产生的印象。

更好、更强烈、更巧妙的是，由双方共同朋友把两个年轻人聚集到一场私人晚宴上来，晚宴专为此事而组织。但自然而然、无须强调的是，女方的父母也要参加。很难想象，姑娘会独自去跟那位想跟自己结婚的男人共进晚餐。

（她笑）

父母要小心，不要把这次聚会的目的告诉女儿。这种保留自有好处，因为事先告诉她将接受何等的考验，因为这就是一场考验，等等。她所体验到的情绪、忧虑会使她失去优雅、自然，脸上泛出尴尬的红晕。她就不会有足够的冷静来判断那位怀着成为她终身伴侣的想法进行自我介绍的男人。

另外，假如，到最后她不讨先生的喜欢，可能发生、可以设想，等等，把这个告诉她就会很头疼，头疼而且残忍。她会羞愧难当，对自己失去信心，下一次就会更糟糕。叫喊、哭泣、绝望、遁世。然而，如果最好是姑娘永远不要为自己过于羞怯的话，那么，就更不能让姑娘过于低估自己。

但是，有人会说，她马上就会猜到是怎么回事，在这场私人聚会上她是唯一待字闺中的姑娘，见到的又是一个她不熟悉甚至毫不认识的男人。管他呢，宁愿让她处于有益的怀疑之中，除非她“很坚强”，但这可是我们并不希望小伙子得到的。

还是这些共同的朋友

——大家可是记好了，没有这些共同朋友的话，即同一个圈子里的熟人，除了同一圈子之内以及两个不同圈子的结合，难以想象任何结婚成家的事，这是不言而喻的。我笑啦，这会让他失去朋友——这些共同朋友因此呢，就负责将双方产生的印象告诉两人。

如果姑娘不讨喜欢，那就什么也不对她说。她仍然纯洁无邪。

如果是男方不合适，因为这是不能忽视的假设，他将坦然承受，尤其是毫无怨气。他出发上前线，到兵团报到，跟他穷表妹中最丑最驼的那个结婚。我的意思是，他将保持坚韧。

不管结果如何，那些参加谈判的媒人必须获得双方的感谢。如果他们必须转达不中听的答复的话，他们真值得同情。虽然我们设想他们在谨慎说辞和应对微妙局面方面有着过人的才气。

不过，如果这一方或另一方谈不成的话，对所有人来说，秘密是要永生永世——永生永世！——原封不动地守住，永远也不能说出其中的理由。

当小伙子一下子讨得姑娘的欢心时，可能发生，但很少见，令人奇怪却有可能，当小伙子讨得姑娘喜欢或考验结果有利于他时，他就得表现出十分急迫的样子。他有这个权利。他要立刻让他父亲、一位老朋友或上司，他的教父，我不知道，不管是谁，送去正式的结婚请帖。

被正式认可后，小伙子穿上礼服，立刻拜访姑娘的父母，拜访时要把姑娘叫上。这次会面要求毛脚女婿（已经超越了求婚者）展现出许多技巧。他带着一定的热情，但不要夸张，表示谢意。冷冰冰的态度是不合适的，但表达幸福必须有节制。

第一次拜访时，从第一次拜访开始，就得抓紧时间，双方之间直截了当，确定订婚的日子。大家确定一个很近的日期，因为我们已经损失了足够的时间。

双方还要一起确定这天必须发请帖的名单，也就是说女方父母——这是一个明晰而又准确的说法——询问毛脚女婿他那方面想邀请哪些人出席订婚仪式，亲戚或者朋友。双方把这些事情给解决好，因为订婚、结婚、整个一生都是一个长长的系列有待解决的事情，大家不能忘记这一点，如果听任情感这些无谓的装饰淹没自己的话那才叫愚蠢。

订婚仪式在家庭举行，严格的私家仪式。往昔的朋友，所谓的熟人并不出席。不要把姑娘纯洁的幸福、她那羞涩的快乐暴露在众目睽睽和评头论足之下，因为人言可畏，当这一切暴露在漠不关心和心怀叵测的人的眼睛与口舌之下的时候，这是毫无疑问的。

未婚夫在订婚的那天送出第一束鲜花。花束由白色花朵扎成，其中有些是未婚妻钟爱的白色鲜花。她对这一预示好兆头的巧合心花怒放。

他亲自把戒指送过去。他悄悄地了解到姑娘喜欢什么宝石，因为他不应该随随便便购买这枚戒指。有的未婚妻害怕珍珠，因为她们想象的是珍珠预示着泪水。这真叫混账，不过可不能打订婚的第一天起就这么说呀。

无论怎样，不管女方是谁，戒指必须讨人喜欢，这是最起码可以指望的。姑娘笑逐颜开，大声欢呼道：

“啊……”

戒指由未婚夫套进姑娘的手指（左手无名指），他比所有其他客人来得都早。他第一次被允许把姑娘刚刚接受自己戒指的那只手放到唇边，此为婚约的象征，再也不能毁弃，除非有十分重大的理由，这可是一件不能不知晓的事情。

未婚夫由父亲和母亲陪同过来，如果他们不在，死了，总是老一套的故事，就由兄弟、家长、教父等陪同。我说不清，随便是谁。

晚宴上——必不可少——未婚夫妇被安排并肩坐在一起，桌子中间，桌面中间。

他们被当作那一天的主角来对待，因为他们就是主角。在他们的对面坐着姑娘的父母，未婚夫的父亲坐在主妇即姑娘的母亲身旁，如果大家听清楚了的话，母亲坐在主人即未婚妻父亲的身旁，我不多说，这很清楚。

那些参与了结婚谈判的人——因为无论如何这是一场谈判而非别的——那些使节们，如果受不了谈判人这个词的话——小伙子的使节们坐在未婚夫的身旁。也就是说，如果大家把思想稍稍集中于空间方位的话，正对面，坐着未婚夫父母，这一切很简单，而所有位置的安排都要遵守十分严格的规则。

对此我不展开，很遗憾，但是这些规则极其严格有序（正是规则本身的原理）。

这场晚宴的菜单必须相对简单。订婚是在上甜点时郑重宣布的。对全体客人来说这是场惊喜。谁也没有料到，于是呢大家又发出了一阵轻微的充满惊喜的欢呼声：

“啊……”

如果庆祝是一场舞会的话，宣布仪式则在午夜左右。客人们，全体客人向未婚夫妇发出幸福祝愿。

未婚妻身穿欢快的长裙——因为这是人生快乐的时刻，是这样，必须这样——浅玫瑰色，天蓝色或白色，饰带为金黄色。欢快啊。其他女宾要避免灰暗色。未婚夫和其他男宾穿黑色正装或便装。

晚宴之后，要安排未婚夫妻能够交谈又不被人听见，但不要隔绝他们。直到婚礼都是如此行事。从来不让他们独处，但并不刻意在这对情人周围安排警戒，因为从今以后这桩爱情得到了许可。要关注，因为关注是必要的，但要不动声色巧妙地关注。

为了避免闲言碎语，因为闲言碎语等等，为了避免那些不了解底细的恶人闲言碎语、斜眼相视和挖苦讽刺，为了避免未婚夫的殷勤来往招惹是非，如果可能的话不要把结婚日期与订婚日期之间的时间拉得太长。不仅节省了时间，而且也阻止了流言蜚语。

从订婚仪式到结婚仪式，每天都得送花。毫无例外地都是白色鲜花。

实实在在、有内在价值的礼物——意思是那些可以被未婚妻自己——她总是红着脸的，或者被她的父母和监护人——如果父母亲双亡的话，有可能的——可以变卖或出售的礼物，具体的、实在的礼物，可以交换和出售的东西和物件，实实在在的礼物只有在钱财方面的规矩订立之后，即在财产分配、嫁妆、未来的遗产和遗赠等白底黑字地安排妥当之后，才可以赠送。

赠送聘篮和签订婚约都在婚礼之前的八到十天左右进行。聘篮在签订婚约当天上午送去。前夕。前夕的上午。聘篮内置有缎裙、绸裙等，都是黑色和白色花边的裁片（姑娘必须自己把裁片缝成裙子）

（她笑）

一生中所有场合的裙子都在，并不都是欢快的。差远啦，最好现在就知道这一点——如果未婚夫的祖先曾经拥有的话，还包括祖传钩针、现代首饰、传世珍宝、獭皮大衣、虹雉饰带……

虹雉。

虹雉是印度山岭里生长的鸡形目中的一种，丰富的羽毛极受追捧。实际上，虹雉也是裙子和衣服的一种别出心裁的装饰品，它坚固耐用、美丽动人都是人们喜爱的缘由。

祖传钩针、现代首饰、传世珍宝、獭皮大衣、虹雉饰带。

在这一整套行头之外，因为大家明白，说到底，说的就是一套行头，还要加上一只装满金币的腰包簇新的金币哟！——一把或多把扇子，一本中世纪经典抄本的《日课经》。当然，聘篮也可以比这远远简朴得多的，一切都要看未婚夫的财力。

大家看到，这未婚夫的头衔是强加不得的。出于同样的理由，一个社会地位平平的人，有这样的人，不会让自己充当未来丈夫的。父母也许不敢拒绝，但又担心看到自己不能随心所欲地满足这些义务。

我甚至认为可以在这里说，一般而言，一个地位平平的男人最好什么也不要去担当，什么教父啦、未婚夫、家长等等。这样更好。

所有的东西都放在一个大篮子里——聘篮一名由此得来——放在一只富有艺术性的藤篮里，内里衬着白缎子，外形是方的，以避免产生皱褶。一大束白玫瑰或者一根白领结系在盖子上。很漂亮。

曾经有人设想，把成千上万的法郎塞进袋子里，把篮子装满，后来就没人提了，风平浪静了，摆平了！但是这个创意挫伤了绝大多数未婚夫微妙的情感，而古老的方式占据了上风。我们心安理得，人人都心安理得，我也心安理得。

通常在公证人那里签约。

然而，当公证人去未婚妻家时，所有相关的人都在家中集合。不管哪一种情况，婚约的条文都必须事前经过双方家庭仔细讨论过——未婚夫妻并不在场，这是不言而喻的——以免商谈最后条款时产生尖锐而激烈的争论。

当婚约在未婚妻家中签订时，之后总要邀请公证人共进晚宴。有时，婚约是在晚会期间签订的，晚会上邀请许多宾客。把娱乐或谈话打断，嗬！公证人朗读婚约。大家都很吃惊，说道：

“啊。”

于是，毛脚（未来的丈夫、未婚夫，小伙子），毛脚站起身来，向未婚妻行礼，在婚约上签字，把笔递给她。

未婚妻签完名之后，把笔递给未婚夫的母亲，她再把笔递给未婚妻的母亲，两位父亲在此之后签字，然后两家人按年龄大小依次签字。很简单。

签约晚会已经不再具有订婚节日的那种私密特征。不过，也不会邀请一般的熟人。

为了解决这个看起来有意让人经常重提的令人痛苦的问题，我斗胆提议，解决的办法便是永远不要有一般相识。

在签字的时候，如果公证人向未婚妻——既然这是他的权利，那他为什么要不好意思呢？——提出要吻她的手，那她在快速地用目光征询了母亲和未婚夫的意见之后，就要把手伸给他，两人都以目光表示同意。如此而已。

（她示范）

在征求未婚夫同意的时候，含有一种提前承认其权利的意思，某种令人感动的东西，它使得夫妻生活的责任变得一目了然。不过，大家会说，未婚妻仍然只依赖于父母。并不完全如此；她手指上已经套上了那只约束她的戒指了，更何况，难道这还需要提醒吗？她已经收下了实实在在的聘礼，也就产生了义务。

公证结婚先于宗教婚礼。

不过……

（停顿）

不过，自从降临节①的第一个礼拜天一直到主显节②不在教堂里结婚。

（停顿）

---

① 译者注：指圣诞前的第四个星期的星期日。

② 译者注：指1月6日，耶稣显灵、三王朝圣日。

自从圣灰节的星期三[①]一直到复活节八日庆期的最后一天也不结婚。这些是大家必须知道并且不可忘记的重要事情!

当然，通过关系、支票或者讨好等也能在这些日期内获得有效的婚礼免除，只要提出申请就行。什么都是可以放弃的！仅仅选择而已!

没有必要在此介绍公证婚礼的庆祝方式。唯一相关的是法律，而这与我毫不相干，以后也永远毫不相关。这不是件难事，速度也很快。针对神圣仪式上的提问“您愿意嫁给……吗？”或“您愿意娶……吗？”，新婚夫妇只需要回答一个含混不清的“是”。就一个“是”字，全在了，完事啦。

新娘第一个在结婚证上签字，然后把笔传给新郎，新郎向新娘致意，做幸福状，必须如此，面带微笑地对她说，这可是他最起码可以说的：

“谢谢，夫人。”

十分有意思的是，他是第一个给她这个名分的。

宗教婚礼。

宗教婚礼一般在上午举行；由于有弥撒，所以它在这天当中场面最大。大家的穿着都远远来得正式，又是刚刚起床，所以精神饱满。

新娘的父母在沙龙里接待宾客。新郎他呢，由父母作陪，比谁到得都早。他们是在清晨到的。

新娘呢，她只是在最后一刻才出现；她从楼梯下来，手中握着白色花束，

① 译者注：即复活节前的第46天，封斋期的第1天。

是在上午通过公证已经成为其丈夫的那位赠送给她的。她浑身散发出朝气蓬勃的青春气息。

她的穿着相对简单。

钻石是多余的，我们甚至排除繁复滞重的花边。打扮必须清纯而不艳丽。冬天穿长褶皱的缎袍，夏天穿印度真丝薄纱的透气衫；散发着橙花香味、混合着白玫瑰和香桃木花香的花冠，那难道不是婚纱下最可爱的装饰吗？最多在我们这位姑娘的头颈上加一串珍珠。

新郎身穿礼服或者宽大的制服，如果他是军人的话。

当人员到齐之后——在此必须准确——大家坐车去教堂。新娘坐第一辆，车上坐着她的父母。第二辆车内坐着新郎及其父母。从不复杂。证婚人和新人们的女眷坐在第三辆、第四辆轿车内。这些女眷都不是年轻姑娘。一般而言，年轻姑娘必须另外分开，受到保护并且巧妙地围住，我就不强调了。

其余客人被安排在其他轿车里，我不可能什么都预见到。

只要可能，就得——至少在这一天，必须努力一下——就得将新娘的一个亲戚或朋友与新郎的一个亲戚或朋友安排在一起。他们都是在事先配成的，就是配成，而非其他。不过在这方面，也有一条规则必须遵守：年轻姑娘不跟那些不属于近亲的男人单独坐在同一辆车上，哪怕有两个姑娘。

到了拱门之下，众人形成队伍。

新娘手挽着父亲的手臂；新郎挽着母亲的手臂；新娘母亲由新郎父亲引路；男女傧相、证婚人以及跟他们一起坐车过来的夫人们依次进入。年轻姑娘们在后。很简单。

新娘挽着父亲的左手臂，所有夫人都要挽住各自男宾的左手臂。如果新娘的父亲是军人，她得挽着他的右臂，其他女人如法炮制，都要挽右臂。

在新娘进门的时候，所有参加弥撒的宾客都站起身来。新郎请来的宾客站在教堂大厅右侧，新娘方面的宾客站在左侧。

新娘前行时并不东张西望。她径直走向等着她的新郎。

面对众人投向自己的目光，很少有新娘能够坦然应对。有些新娘却有或惹恼宾客或令其开心的本事。出一点乱子是必要的，但新娘表现如同一个头戴花冠被带上祭台受难的样子，就像诗人雨果所说的那样，也并非必需。最好是轻松自如地往前走，这样不会太傻。新娘心中大受感动，这可想而知；幸福但有点胆怯，这是大家的希望；不过，要是她具有很好的教养，要是她具有足够的技巧，一句话，要是她不太愚蠢的话，她就会不卑不亢，既不会显得过分的骄傲，也不会显得过分的笨拙。

新娘父亲把新娘引领到她的位置，即摆放在左边的跪凳，旁边燃烧着一支蜡烛。很容易找到。

新郎走过来跪在新娘身旁。对他来说，还要简单。

有关婚礼的时间、各种细节和价钱，价钱是免不了，因为必须付钱，没有其他字眼，至少提前一周已经跟主持仪式的神父谈妥。

戒指事先交给圣器室主管。由他在交换仪式进行的时候，灵巧地放在一只盘子上交给新人。结婚日期被刻在每只戒指的内壁，丈夫的戒指上还刻着妻子的名字，妻子的戒指上则刻着丈夫的名字。听懂这些并不太难，要记住也极其容易。

新人们坐着聆听神父对他们发表讲话。神父说话时站在祭坛上的台阶上。不过，他自然要走向新人，把他们结合在一起。新郎和新娘于是站起身来，丈夫用右手牵住妻子的右手，这难免会让新娘身子有点扭曲，但时间很短。

对大家熟悉的提问：
“您是否愿意娶某某为妻？等等”，
他们回答：
“愿意。”

新人们跪下领受神父的祝福和洒圣水时，洒圣水，两人握着的手并没有松开。假如事先愿意在家中练习一番的话，两个人右手握着右手领受圣水并不困难。人只结婚一次，一切都永远只是意志的问题。

婚礼结束之后，便到圣器室去签婚约，接受宾客们的祝贺。

新娘手挽着丈夫走出教堂。
父亲则手挽着新郎的母亲。
新郎父亲手挽着新娘的母亲，其他人都可以效仿，只要明白原则就行，交换在双方家庭之间进行，就是说，一方的男人与另一方的女人手挽手，并不复杂，依此类推，等等，好……

参加弥撒的宾客重新回到他们的位置，站在新人将要走过的通道旁。他们兴高采烈。新郎和新娘面带微笑，极其用心地向左右两侧的人致意。
新人们单独坐上轿车，常常是一辆双座轿车，之后大家回家吃饭。

从来都是这样，永远都是这样。

婚礼要尽量办得气派，只要财力允许：每位客人都衣着光鲜，脸上要洋溢着幸福，这是他能够带给婚礼最起码的东西。

喜气洋洋的年轻夫妇周围务必充满着喜悦和光彩，然而这种喜悦和光彩必须适可而止，不要压过新人心中刚刚升起的幸福之情。一般来说，如果这一天大家都留心的话，必须是新人们看上去最为幸福。

我们希望婚礼上有舞会，哪怕只是家庭舞会，但这种习俗正在丧失。我们更喜欢乡村举行的婚礼。

“在百合花和玫瑰花盛开的季节，

歌声洋溢和佳肴飘香，

大树下我们畅饮、我们跳舞。

洁白的新娘又怎能有更具魅力的时光？”

如果举办盛大晚宴的话，那么新娘上桌时坐在父亲和公公之间（她坐在父亲的右侧），新郎坐在新娘的对面，在母亲和岳母之间。

他们被当作主角来对待，因为他们就是主角。

新娘在所有女宾之前享受服务，无论其他女宾年纪有多大、地位有多高。不过，如果有贵人出席婚礼，这是他赏脸的举动。为了对他表示感谢，就完全不能按照我刚才说的去做，新娘的公公要把位置让给他。

舞会由新娘与一位客人一起宣布开始，是对这位客人表示最大的敬重。第二轮四步舞或三步舞属于丈夫，新娘的丈夫，新郎。之后，新娘派人以自己的名义邀请她想在接下来的四舞步中做舞伴的男士。至于华尔兹舞，以及更广义的范围，所有鼓励身体接触的舞蹈，她都保留给自己的丈夫和亲属中的男人。

尽管有一些旨在恢复习俗的举动，但是用甜点的时候不再有人唱歌。

新人不再像几年前那样，立即外出新婚旅行。不再愿意把两人生活的最初时光浪费在铁路上、浪费在拥挤而普通的旅馆里，在这些地方要忍受无数的小烦恼，有时候两人会从一出门就使脾气，旅行中这是难以避免的。

以后有的是吵架、相互拽头并要吃掉对方的时候，总可以等上几天吧。我们希望的是，以后的不和，就是不和，不是别的，不和会消融在更加完美的和谐之中；要让理性——雅兴不可分离的伙伴——来确定新婚旅行的时间：结婚六个星期之后。

有可能出现原配失踪，这有可能，逃跑或者死亡，可以设想。要是决定再婚的话，最好不要大张旗鼓地操办。公证结婚仪式只要夫妇两人、双方父母，如果他们还能活着见到这一场景的话，还有证婚人。

至于宗教婚礼，如同首次婚礼一样，新人身旁将有亲眷和亲近朋友；也会发参加弥撒的邀请信；但是仪式更简单，没有鲜花点缀，没有唱歌，没有宴会。简洁而朴实。

再婚的寡妇不要穿灰色、也不要穿淡紫色，因为这样一来会有点半个丧事的味道，而且对第二个丈夫也不太友好；她要避免穿玫瑰色，色彩太欢快，不合时宜。她将头戴一顶或黑或白的头巾，插上几朵花。她要避免菊花和轮峰菊，这些花都被称作寡妇花。有的幽默或尽孝并不总能被人理解。

寡妇将保留第一枚婚戒。她的第一桩婚姻是一个怎么都抹不掉的事实，她的第二个丈夫不会觉得她保留第一次婚姻标志是件坏事。而如果她有孩子的话，孩子们对她的尊重也来自对父亲的纪念。因此，如果她结婚两次就带两只戒指，以此类推，多少枚戒指代表多少次……好啦。

宗教婚礼之后便是午宴或晚宴，但对二次婚姻来说从来不举行舞会，无论大小。

上了一定年纪的小姐最终想嫁人的话，与年轻少女的结婚仪式绝对相同。知趣的话可以减少一些细节，但仅此而已。

如此，少女傧相的人数便要减少，甚至，如果新娘年纪很大的话，一个也不要。

三十五岁的妇人不要身裹长披巾。她将用一根镶有白花边的头巾来遮住头发，同时装点肩膀。头巾将用几个橙花苞和白玫瑰花蕾扎住。当然还是要穿白裙子。四十五岁的话，她要选择一条金灰色裙子，头戴一顶白色花边帽，插上一枝小不点的橙色花枝，掺几朵翠菊、百合花或淡玫瑰。

在这些如此微妙的情形里，小型舞会比正规舞会更合适。

在度过二十五年的幸福结合之后，人们庆祝银婚。

即使结合并不幸福，如果持续了二十五年的话，还是要庆祝。二十五年的结合之后，人们庆祝银婚。更为一般地说来，不管情形怎样，总之，过了二十五年就庆祝。

银婚庆祝是一个美好盛大的家庭节日，也会邀请朋友参加，但一般知交排除在外，因为要保持一种私密的特性。它也是一个快乐的节日，我这样想，所以要尽量显派。

它将也是一堂针对儿女的夫妻恩爱的课，振奋而又动人，向他们展示二十五年共同生活之后，就是二十五年一天也不少，在共同分享了二十五年的快乐和痛苦之后，就像维克多·雨果所说的那样，彼此互相让步、互作牺牲，父母之间依然如此温柔、如此认真、如此深深地相互依恋。

这份情感抵御了时间、有时是不幸，因为不幸呢，不要幻想没有，难道还有比这份情感更美、更纯的东西，难道还有比这更能证明父亲高贵的灵魂、母亲温柔的心灵或反之亦然的证据吗？

因此让我们都来庆祝银婚，这将是一场令人振奋的节目。

妻子（新娘）仍然漂亮，常常看上去就是女儿们的长姐。她用洁白的春白菊装点头发，并在头上披上花边头巾，也是白色的，为的是参加祝福弥撒。所穿裙子同样也是白的，因为这是信仰、纯洁、忠诚、生命以及还有许多我这个时候想不起来的东西的颜色，也因为白色代表的是好事。

人们从教堂列队而出。

所有的亲戚朋友都在家里向夫妇表示祝贺和拥抱。夫妇俩被当作主角来对待，因为他们就是主角。

收到的礼物要展示出来。午餐之后还有晚宴，这天是个名副其实的节日。这个快活的节日以舞会结束。父亲和长女或者媳妇开跳，母亲与长子或女婿随后，并根据相同的原则安排后面的人员。

众人走后，夫妇独自回味这一天的快乐、回忆年轻的时光以及品尝尽心尽责的满足。他们翻看过去的照片。

“在那尘土飞扬的路上，他们不停地奔跑，

穿过沟壑，越过高山。

完成了重任，躲过了雷电。

噢！强烈的爱情！”

维克多·雨果。

幸福结合五十年之后，庆祝的是金婚。即使不幸福，过了五十年，也还是要庆祝。

大家看到，时间已经对夫妻进行了嘉奖，第一次是在他们青春与幸福洋溢之际；再有一次是他们年富力强、生活充满了爱情、尊重和赏识，经过斗争、痛苦之后——就是斗争与痛苦，相反的话会令我吃惊——但却是幸福。因为他们相爱如初，甚至更甚。

他们也经历过许多磨难，儿女离家，因为轮到他们建立幸福家庭了。其他人死了，已经离开人世，符合逻辑，完全可能。

只剩他俩了，如同两人生活开始的时候那样。他俩紧紧拥抱，以此代替一切。

他们的儿女——那些没有走在他们前面的——赶过来围在身边，带着儿女们的儿女：身边至少围着三代人。

节日跟银婚是相同的。但亲人的范围更广，为的是爱惜这一天的主角，因为他们就是主角，他们的生命已经变得脆弱。大家小心翼翼地不让这一喜庆的日子变成丧日。每个人都给他们带去礼物，直到两个月大的小曾孙也用那无意识的小手指为他们拿住花朵。

大宴之后便是一场盛大舞会或小型舞会。两位长者和两个孙辈开跳，如果他们还行的话。如果他们跳不动，那就看着。这样很好。

节庆从来不超过半夜十二点。于是，众人走后只剩他俩的时候，即他们被抛弃之后，就是抛弃，也不互相讲什么故事，老两口互相拥抱、互相许诺说，如果生命重新开始，他们还要选择对方，大家都这么说、也这么信的话。

然后呢，大体就这样结束。

谁也无法避免不幸要失去亲人，大家已经能够猜到这个。这是可能的，符合逻辑的，可以设想的。礼节和习俗在生命的任何时候都不会放弃自己的权利，在此呢，意味着调节我们必须承受和表现痛苦的方式。

当死亡进入一个家庭，那些最坚强、最不脆弱的人，父母、朋友，我说不上来，不管是谁，其他人，活着的人围绕着亡人努力恢复，就是亡人，不是别的，其他人努力恢复镇静和秩序。

把气窗、百叶窗和门都关好。点燃蜡烛。把年幼的孩子支开，年幼孩子便是生命，而生命是不应该受到牵连的。大家轻轻地走路，低声地说话，把收音机调低。

守灵将一直持续到遗体入棺。要为遗体作一次化妆，为死者穿上最漂亮的衣服，比如说结婚礼服，那可是一个好主意。

要到区、市、县政府报告死亡。政府便派一位医生前往丧家。他验明尸体，确定死亡病因，因为只能是疾病而非其他原因。如果是其他原因，警察立即就到，毫不犹豫。

在死亡被证实和确认之后，便与教堂和殡仪处协商丧事、运尸和下葬。

房间变成了令人激动的小教堂。十分漂亮。

较为罕见的是，从中间楼梯将敞开的棺材抬放到豪华的大厅里。死者被当成这一天的主角来对待，因为他就是主角。

葬礼这天，棺材被置放在大门口。棺材上摆满了鲜花。大诗人，如维克多·雨果，大官员享有里里外外鲜花堆满的礼遇。

宾客来到。因为宾客们，不能少。相互握手，并不交谈。大家一脸沉痛。需要使把劲。穿上丧服，整洁而又讲究。灵柩晃动，灵柩总是晃动，这些词放在一起很适合。

男人们不戴帽子，走在后面。女人们坐在轿车里，年轻姑娘们，如果在这么多年之后还剩有姑娘的话，她们要跟年轻人分开。

丧事是痛苦的外在标志。有着一定的规则，必须服从。以前，服丧时间很长，要为父亲服丧到家中年长者去世，以此类推，时间很长。但是摄政王之女贝丽公爵夫人①，过去时代的贵妇，把服丧的时间减掉了一半。假如认为长子只活到期望寿命的一半，那就取消为父服丧。这样时间就会短些。

---

① 译者注：即 Marie-Caroline Elisabeth d'Orléans（1695 — 1719）摄政王菲力浦·德奥尔良之女，贝里公爵（查理十世之子）之妻，生性风流。

寡妇要服丧两年。大丧，十分艰苦，整整延续一年。身穿单色羊毛裙、头戴面纱、三角披肩，黑色线袜或羊毛袜，同样料子的手套，漆黑的，仅此而已。不要别出心裁，也不要花里胡哨，不要抹口红。

第二年的上半年，穿戴面纱和更轻淡的毛料衣服。绸手套或皮手套，让人感觉到梳妆打扮即将重回，煤玉首饰，黑色的，煤玉。

最后半年，花边装饰，黑色的，但还是花边的。在最后三个月，渐渐地看到了尽头，绣花品，白色和黑色的料子，然后一直到完全结束，灰色的，褐色的、深紫色、淡紫色，要注意这种色彩微小差异的层级，但是，在任何情况下，如果要认真遵守的话，也正是层级这一问题。

父亲或者母亲的丧事，兄弟或者姐妹的丧事，方式相同，同样的层级但是时间还要短些。

如果有朋友过世，也可以为之服丧，不过这些是所谓友好服丧，对大家并没有任何制约。

要戒除一切娱乐、一切消遣，待在家里，不能放开喉咙大笑。但是，永远是这样的继续并重新开始，但是，大约在第二阶段，可以去听严肃讲座、展览会。可以拜访，周二受访。在结束之前的两个月，恢复五点钟茶歇，请吃晚宴，出席音乐会，在浴缸里吹口哨。

服丧完毕之后，可以重新在小型舞会上露面，只是小型舞会而不能是别的，还不能跳舞，只能看着但桌子底下的脚已经在打拍子。可以去法兰西喜剧院或者歌剧院看戏。

可以跳快步舞，去综艺剧场，已经不再只是不堪往事，因为这一切只是往事而不是其他东西，想的是结婚，最好再生个孩子，到区政府去报告。

如此这般，永无止尽。

(……)

1994 年 7 月 7 日

我在家中等雨来

J'étais dans ma maison et j'attendais que la pluie vienne

蔡燕 译

1994 年，拉戛尔斯受巴黎开放剧院（Théâtre Ouvert）之邀创作此剧，同年由罗贝托·康塔瑞拉（Robert Cantarella）导演，演出于该剧院。1995 年，剧本以打字文稿（81 号）的形式首次发表。

1997 年，作品由约埃尔·汝阿诺（Joël Jouanneau）导演，演出于瑞士韦迪-洛桑剧院（Théâtre Vidy-Lausanne），同年由斯坦尼斯拉斯·诺尔迪（Stanislas Nordey）导演，演出于巴黎开放剧院。

人　物

大女儿

母亲

最老的女人

二女儿

小女儿

大女儿： 那时候，我在家中等雨来。

我望着天空就像我现在一直这么做，就像我过去一直那么做。

我望着天空，我还望着缓缓而下离我们家远去的田野，在树林的拐角处消失的道路，*那里*[①]。

我望着，那时候是傍晚，而我也总是在傍晚望着，总是在傍晚徘徊在门口，我望着。

我在那儿，站着，就像我现在一直这样，就像我过去一直那样，我想到了这些，

我在那儿，站着，我等着雨来，等待它落在乡间、田野、树林，让我们平静下来。

我等待着。

我是不是并非一直在等？

（在我的脑海里，再一次，我想到了这个：我是不是并非一直在等？看到我自己这样，我笑了）

那时候，我望着道路，我也想着，就像我现在经常这样想，在傍晚，当我在门口等雨来的时候。

我还想到了我们在这里已经度过的岁月，所有如同这般的岁月。

我们，你们和我，我们五个人，我们一直这样，我们过去一直都这样，我想着这些。

所有我们曾经度过的岁月，所有我们曾经失去的岁月，因为我们已经将它们失去。

---

① 译者注：剧本中部分词是斜体，在翻译中做了保留，作者并未对此处理进行解释，读者可自行理解。

所有我们曾经花在等待上面的岁月，等待那个人，*小弟弟*，自从他离家出走，把我们抛弃，

自从他的父亲将他赶出家门。

今天，就这一天，我想到了这个，*就在这一天*，我想到了这个。

所有这些我们在静止不动、在等待中失去的岁月。

（依然，也许，我又一次开始笑我自己，笑看到这样的自己，笑我这样想象，笑我这样把自己带向*决堤的泪海*，而我害怕沉沦于其中）

所有这些我们等待和失去的岁月，我们什么都没有做，除了等待，我们什么都没能够得到，从来没有，只是怀着这一个目的。

我想到，*就在这一天*，是的，想到我本可以远离此处度过的时光，早就应该的。

想到逃跑，

想到我本应该过着另一种生活，在另一个世界，按照我自己的想法，

孤身一人，离开你们，其他人，离开你们这些其他人，你们每一个人，这段时光我本应该不一样地活着，仅仅只是，不等待，不再等待，自由行动。

那时候，我等待着雨。我期待着它的落下。

我等待着，就像，在某种程度上来说，我过去一直等待的那样，我等待着，而我看到了他。

我等待着，然后我看到了他，那个人，*小弟弟*，从道路的拐角处朝着房子走过来。我等待着，没有明确的期待，我看到他回来了，那时候我等待着就像我一直在等待的那样。那么多年以来，没有任何的指望，而恰好在那一刻，当夜晚来临，恰好在那个时候，他出现了，而我看到了他。

他从一辆车上下来。肩上背了个包，朝我走来，最后的几百米。

我看到他朝我走来，朝我和这栋房子。我看着他。

我没有动。但是我确定那就是他，我确定那就是他。

在那么多年之后，他正往家回，*正是这样*，

我们一直想象着他会像这样没有预先通知、突如其来地归来，他的行为正如我一直想象的那样，正如我们一直想象的那样。

他看着前方，不紧不慢地走着，然而他似乎并没有看到我。

而这个人，*小弟弟*，我为了他等了那么久，为了他失去了我的生活——我已经失去了，是的，毫无疑问，用一种毫无用处的方式，*那时*，从那以后，我知道，我已经失去了——

那个人，*小弟弟*，从属于他的战场上归来，我终于见到了他，而我一点也没有变。

我为我自己的平静感到吃惊，我没有发出任何我曾经想象过的、你们所有人一直想象中的、我会发出的、我们会发出的尖叫，

就像我们想象中的那样，

没有任何出于惊讶或者喜悦的呼喊，

没有。

我看着他朝我走来，我想到，他回来了，并没有什么不一样，我以前搞错了。

没有任何答案。

（……）

母亲：他在睡觉？

最老的女人：我把他放在了他的房间，那个他小时候住的房间。女孩们帮我

一起把他抬上了楼，他现在在睡觉。他到的时候累极了，我相信他当时再也走不动了，我看着他走完了最后的几米。他就像一个喝醉的男孩朝我们走来，我搞不明白，他累极了，看上去马上就要跌倒，瘫在地上。

母亲：他什么都没有说吗？对你，他什么都没说吗？在睡着之前，在昏迷之前，哪怕是一个字，一个字都没有吗？

我本来希望他能说说话，对我说点什么，几乎什么都没有，还是一样，我本来希望他哪怕是在躺倒在地之前，在倒下之前，他能发出点什么声音的。

——“就像我现在这样，就像我过去一直的那样……”——

他让我感到害怕。他就像这样沉默不语，他就连一句话都不给我们，这让我感到害怕。然后他无欲无求地睡了，他倒在地上。我不知道该怎么说。我感到不舒服，呼吸开始困难。

是我搞错了，这和我以前想象的不一样。

最老的女人：在他的房间，我们像往常一样把百叶窗关着，白天几乎不让阳光进来，夜里也只是透透气。

他在他的床上。我们一直都留着这张床，是绝对不能把它处理掉的。

——我说的没道理吗？把床处理掉，就等于放弃了他会回来的想法——

这个房间，是他的房间。我们从不提起这个房间，但我经常打扫这个房间，时不时整理一下，我们从来没有想过要把它出空、重新粉刷。

他重新在他的房间里面了。

母亲：那时候，他就在我面前，我看着他，我等了他好多年。这不是小事，你可以假装好像一无所知，可这不是小事。

一个儿子，唯一的儿子，我的儿子，他回来了，这不是小事。

对你，也不是小事。

对于那些女孩们，从他躺下和睡着开始，她们一直都在那儿。

在他的房间，*那上面*，你可以看到她们。对于那些女孩们，也不是小事。

他就在我面前，过了那么久才等到这一刻，而他现在就在我的面前。

他变了。他的脸毁了，凹陷了下去、线条突出，我看着他，那就像是一张老人的脸，一种属于老人的奇怪的脸或者一个未老先衰的年轻人的身体。

我曾经是否认为他会完完全全像离开的时候那样回来？

我曾经是否一直都这样想象？

最老的女人：他就像小时候那样睡着。他昏倒在我的脚边，我害怕他马上会死去。

我看着他，我对自己说："他就像小时候那样睡着。"

真有趣。我们一边一个把他扶起来，就像我们一直看到的那样做，就像我们一直认为的，要把昏倒的人扶起来，我不知道，倒在地上的人、照片、画。

我们把他抬起来，一个抬着胳膊，另一个抓住他的脚——抓住脚的人是我——我们把他扛上楼。他变轻了，他瘦了，但是对我们来说，还是重的。

还真是个力气活儿。

小的拿了包，她只对那个感兴趣。我们随她去。

母亲：得让他睡很久，我想他会睡很久。当他这样睡了很久，有一天，我们会看到他醒过来。而我们今天还没有*马上*拥有的，我们还没有得到的，我们曾经所希望的，这些年来如此希望的，

是他回来，立刻，跨进门，对我们说话，爱我们，对我们说些什么，完完全全就是这样，

*对我们说些*我们曾经那么想听到的东西，

是认出我们，就这样，认出我，也认出你们，讲述他的旅行，所有这些失去的时间，

而今天在他跨进门来的那一刻，我们没有得到的话语，我们总有一天将

会听到，我不应该担心。

他会醒来的。在睡很久以后，他会醒来的。他将会不知道自己身在何处，他将会认不出来他的房间，得告诉他，我们得跟他解释。

他会醒来的，千真万确，就像小时候他醒过来一样，然后我们会看到他讲述他的经历，我们会听到他讲述他的经历，他过去的生活、他的旅行、消失的这些年，因为它们消失了，这些年都消失了。他将会很惊讶的。

（她笑了）

我们将会开始抱怨，对他进行连绵不绝的指责。

最老的女人：而在此期间，现在，从现在开始，在此期间，我们要陪在睡着的他身边，观察他的迹象，你是这样说的吗？

我们轮流在他身边，等候他苏醒的迹象或者越来越轻柔，越来越缓慢地衰弱。

他消失不再回到我们身边，他沉入最深的睡眠之中？他死了？

你想要大家再也不离开他吗？

母亲：必须等他。又是一样的，必须待在他的身边，是的。

就像我们过去等待他那样，自从他走的那一天起，自从他离开我们或许再也不准备回来的那一天起，自从他的父亲把他赶出家门的那一天起。

“那时候我能做什么呢？你们都指责我什么都没有做，没有拦住这个，没有拦住那个，可我当时能做什么呢？”

就像我们过去在这里等他那样。

也许还要更久，在他父亲快死了的时候，在他父亲死了以后，在留下来的理由，*留下来的隐秘理由*消散了以后。

就像我们等着他却已不再相信他还会回来，或许没有人承认，但是我们就是这样认为得，我们所有人，

就连你，你说你不变，没有什么能够改变你的想法，可谁会相信呢？

就连你自己都陷入了怀疑，你以为，慢慢地你以为，你以为在自己死之前都看不到他了。

就连你，你白费心机了。就连你，连你也放弃了。渐渐地，谁看不出来呢？

所有人都这么认为。所有人，那几个也都一样。

就像我们曾经等待的，徒劳地等待，从不相信他还会回来。

从今以后，

我们又得等待。

——而这永远都不会结束，而我也会老的，等你死了之后我还在等待着——

我们还得继续等待他醒来，等待他回到我们身边，等待他睁开双眼，跟我们说话，给我们讲述他的旅行。那应该是一场旅行，我们一直都是这样想象他的生活的，他应该不会让我们失望。

一场美丽而漫长的旅行，*对吗*？一场美丽而漫长的旅行，而且还是那么不理智的，一场环球旅行，

他醒来，回到我们身边，讲述这些年来他的故事

——也许他投入了斗争，战争和斗争，不是吗？并且取得了胜利，还有什么呢？不是吗？——

等待他醒来，回到我们身边。而我们，

每一个人，

终于可以对他讲述我们的故事，如此相似却又各不相同。

必须等待他。听声音，竖起耳朵，勉强寻找，只是勉强，

勉强找寻，在他的床上，守候着他的呼吸，窃取线索，我们能够让他活过来的微弱的线索，

确切的瞬间，

和他小时候完全一样的时刻，那时候他刚醒过来，就马上开始指挥这个家，*小儿子*，让家里围着他转，因为家里总是围着他转。

或者渐渐无穷无尽的守候，如果必须这样，你这么说的。

或者无穷无尽的守候，把我们摧毁。

我不信这个。我不这么想。你不能让我这么想。我不愿意。沉没、放弃、等候着他的死亡、眼睁睁看着死亡来临，

他的双眼再也没有睁开，他再也说不出一个字。在这么多年的等待之后，他没有留下任何的痕迹，在等待上失去的这么多年。

“你相信吗？”

最老的女人：这么多年之后，又得那么多年，你是这个意思吗？*在这里*。

在家里继续等，待在原地。

一动不动，踮着脚尖。

等待着上面房间里的那个人醒过来，就像等待一个生病的孩子醒过来。而我们，我们就要这样无止境地接力下去吗？

你说的是这个意思吗？

母亲：我们会这么做的，是的，我会用我所有的时间等待他醒来。

我们会这么做的。如果你不这么做，如果你不想再这么做了，如果那几个也不愿意了，如果你，把我抛下，如果你不帮助我，是的，我会一个人这么做，我会留下来，我一个人等待，*那又怎么样呢*？

（……）

二女儿：他回来的那一天，我重复着这个，这么多年来，我一直重复着这个，他回来的那一天。

——从没怀疑他不会回来——

他回来的那一天，我将会穿上我的红裙子，你们一直都讨厌的那一条。那条红裙子，我一穿上它，就散发着周末晚上要出门的女孩那种粗俗的气质，

我跑起来，套上红裙子，他会发现我还和他离开我的时候一模一样。

很好。他笑了。

大女儿：当他走入家门时，他的包滑落下来。

当他走入家门的时候，他走进房子的阴影，我们看不清楚他，我看他不清，我猜想着他的样子。

背着光，我们看不清楚他，他背着光，

大家看不清楚他，他的眼睛，我猜不到是什么样子，我只能看到他的影子占据了屋子的入口，而他的眼睛在黑暗之中，

当他走入家门的时候，他的包滑落下来。一个水手包，一个就像水手用的包。

——我想到："我这辈子有见过一个水手包吗？"我想到了这个——

一个水手包，或者一个军用包，那种小包裹，从尺寸上来说，我想到的是，衣服放在里面永远都没法整整齐齐。

我想到了这个，然后我还笑了。我确定我想到这个我还笑了这样的细节。

（*决堤的泪海*总想要把我吞噬）

当他回来的时候，

当他，终于，回来的时候，我笑我自己对于细节如此执着，我每次对于细节如此愚蠢和可怕的执着。

当小弟弟，*那个人*，在等了他那么多年以后。

当小弟弟，终于，当小弟弟回来了，这或许是我这辈子最期待的事情，这么多年，终于，小弟弟回来了。

我笑我自己，

在那里想着这个包，它的用处和形状。

没有别的好想的——这是一个水手包吗？

或者也是一个军用包？——这让我笑我自己。

于是我试图摆脱这种愚蠢的想法，这个可耻的想法，

因为我觉得它可耻。我认为，这是一个可耻的想法，还有一个在那样的时刻可耻的想法，出现在我的脑子里。我笑了，我确信，也许因为这个还笑得更厉害了，

还有这样一个问题出现在我的脑子里，

——我们想要思考神圣的东西，这个词，*神圣的东西，*而我们深入到细节，那些人生中最重要时刻之中的愚蠢细节，我们想象，总是想象，那些人生中最重要的时刻——

我脑中还想到是否，*这里，*我脚边的这个包，

是否这个此刻从他的肩上滑落到地上的这个包，是否这个包，水手包或者军用包，是否这个包就是他离开我们的时候的那个，就是那一个，

但我记不得了，我想不起来了，我被这个问题所困扰，

这些愚蠢的细节，而我错了，我笑了，我确信，我笑我错了，

但是我没法摆脱这种想法。

他跨过院子里的路和房子之间的最后几米，他踩上了直接通向我们屋里的三个台阶。

他静止在门槛上，他什么都没有跟我们说，他看着屋子里面，他很惊讶。

他的眼神很惊讶，

那种他小时候的惊讶眼神，那种他离开家的时候以及他的父亲赶他走时的惊讶眼神，

当我们的父亲赶他走的时候和他不得不离开我们的时候，当他离开我们的时候，他的眼神已经就是这样惊讶。

在他的人生中最突如其来的时刻，他总是显得很惊讶，

惊讶，是的，我没有别的词，惊讶，*惊讶至极，*

他用惊讶来表达不公平，表现出他发现了不公平。

在那些时刻，他孩子般的脸显得更加天真，我记得。

他才刚刚进来，他在那里，就在我们面前。我回想起了有关这个眼神的记忆，我不知道为什么我笑了。

就是他，千真万确，*小弟弟*，这惊讶的眼神是属于他的。

他一个字都没有对我们说。他认出了这个房间。他勉强笑了。他勉强笑了，他看到我们，看到房子里面和看到我们，他很惊讶。

就是这样。

二女儿：我穿着红裙子，是他第一个看到的人，是唯一一个他看到并且马上认出来的人。我穿着红裙子，我想到，我是他最先认出的人，

他笑了，我看到他笑了，他记起了这条裙子，还有那些下午费劲排练的舞蹈，

练习，

每个人都想让别人跟随自己的舞步，大家准备着我们的登台亮相，

他就像那时候嘲笑我一样地笑着，听到他的笑声我觉得很开心。

母亲：——他没有笑。

你并没有时间换衣服，可怜的孩子。

我们想象——*你肯定会这么做的！*——我们想象你跑上楼，寻找着，你一边咒骂，一边在你的柜子里翻出脏兮兮地藏在底下皱成一团的红色礼服裙，那么的俗气，我们想象你会这样子。

他的脚刚跨进门来，他就倒下了，晕倒了，一个字都没跟我们说，一个字都没有。

他倒下了。而我只是看到了他的眼神，我只是瞥到了他的眼神，然后他就倒下了，*这里*，就在我的脚边。

你在这里，像我一样，就像我们所有人一样，像她们一样，

你在我的身边，你拉起我的手，你没有时间做任何事情，一个动作都没有，什么都没有。

你看着。

(……)

小女儿：当他静静地倒下的时候，我没有动，我记得很清楚。

我看到他倒下，我想他在倒下，就是这样。

大家都没有动。就像我们每一个人都没有真正看到他摔倒，或者，我们所有人都看着他慢慢地倒下去，非常慢，就像是慢动作发生那样，而我们什么都做不了，我们想不出来我们能够做点什么。他缓缓地倒下了，我记得。

他在地上，我们看着他，我没有拉任何人的手。我一个人，稍稍靠在一边。*那里*。

二女儿：*但是*，这些年来，我一直记着舞会。

我对自己说，当他回来的时候，我会再去参加舞会，会是场好戏。*等着瞧吧*，

姐弟俩一起去参加山谷的舞会，坏家伙们盯着我们看，他们肯定没想到会再见到他，家里的长子，他们都不会料到的！

——这些年我们都没有他的消息！

他死了，不会再回来了，或者他在世界的另一端过着新的生活，却让我们变成了痴痴等待的绝望的傻子。

这些年来我们听到了多少咒骂！——

坏家伙们像看火车一样呆呆地看着我们，惊讶地嘴巴也合不拢了，姐弟俩一起走入宴会厅。

人们涌过来笑着闹着，人们问她是从哪里把这个人弄出来的，*这个陌生人*，

音乐开始。我喜欢镭射灯球，售货小姐的品位，镭射灯球。

大家跳舞。

我跳着我没学过的舞，但我跳得很好，我们成为全场的焦点。我们是完美的搭档。

大家总是嘲笑我，我反抗着对他的恶毒攻击，拼命反抗，我必须反抗。

所有关于他的出走、关于赶走他的父亲的流言和嘲讽。

他们编织悲惨的故事把我们的尊严踩在脚下：也许有一天弟弟会回来，可他再也不会踏进这里半步，而五个可怜的疯子却永远不停地等待着。

今天，弟弟在这里，他是一位优秀的战士。

——*你们会怎么理解*？——弟弟来这里是带我去跳舞，这跟我的故事里面一模一样。

我看着他，他倒在地上，累倒了，被毁了。而我想的是我要跟他一起去跳舞，朝那些傻子脸上吐口水，但是什么都不会发生了，他就像一具尸体，什么都指望不上了。

小女儿：我们两个人一起去。我跟你一起跳舞。那不怎么好，会有一点傻，像两个可怜的丑姑娘，但是我们两个人要一起去。

（……）

母亲：从今以后，所有他将待在他房间里的时间，所有他将用来精疲力竭、用来消失的时间，所有他用来死去的时间、他临终的时间，

所有这些时间，

——将会持续几个星期，几个月？——

所有这些时间，让我们来守护他，照顾他，女孩们，*那几个*，她们可以走了。

让我们来保护他，关心他的一呼一吸，为他担惊受怕……

最老的女人：你是为了你自己才守护他的，只是为了你自己。

大女儿：我们走？

小女儿：我们把你抛弃？

母亲：我不知道，是的，可不可以这样要求，让愿意接近死亡的那些人来承担职责，而其他人则离开，留给他们一些孤独感？
我不知道。
你是明白的，可还有那几个，你们所有人包括那几个，她们能明白吗？

最老的女人：她们中的每一个，还有我，她们中的每一个都是这样希望的。我们中的每一个完完全全就是这么希望的。
不要再一起承担了，不要互相折磨，不要，不要再必须一起承担了。
你想要怎么样呢？

母亲：就这样，是的。这不是小事，这个要求很高。
就这样。
确切的时刻。

她们将会分裂。跳自己的舞，寻找爱情，要求，要求他跟她们说话，要求他从睡梦中醒过来。她们不想要理解，她们将会摧毁我们的生活。她们并没有恶意，但是她们会摧毁我们的生活，没日没夜地想要得到我也不清楚是什么的真相。

她们也想要知道她们是不是搞错了，是不是这么多年都是白白浪费了。她们很恐惧。你可以看得出来，她们因为牺牲而感到恐惧。

最老的女人：你只想要，你要的就是这个，你只想要大家把他留给你。就像我们所有人，只是你比别人更想要。想要自己一个人来守护他。

母亲： 我不会的，我觉得。

最老的女人： 不，*正如大家所担心的*……

小女儿： 不好的开始。

（……）

二女儿： 你有过男人了？

大女儿： 男人？是的，真幸运。我是不是有过男人了？你的问题是这个吗？是的，我有过男人。一些男人有过我。我记不得歌里面是怎么唱的了，不过是的，差不多是这样子。

我有过些男人，有些男人有过我……

这是很容易猜到的，我觉得。你为什么问我这个呢？

我过去待在这里，和你们一起，在这个乡下，那边的村子，一两个别的村子，更大、更远的村子。

人们看到我走在路上，我完完全全用他们希望我走路的样子走着路，我迈着一个乖女孩的小步子。

小学女教师，

我看不起农民，还有他们重复说的东西。他们没有错。他们还尊敬我，不得不尊敬。因为我教他们的傻小子们一无用处的基础知识。

他们看不起我，他们和我打招呼。

我乘着大巴进城，花一天的时间给自己挑鞋子。我讲给你听吧，然后我和一个有点难缠的追求者在一间脏兮兮的棕色的旅馆房间里睡觉。

他像我倾诉，说他的妻子还有孩子，他们总是这样。他卖促销价订购的医学百科全书。

有时候，他们会哭，*那是在讲述*。

每两个或者三个月，我们会偶然在*商贸旅游啤酒馆*里遇见。我们会假装，装作大家从来没见过，我们又重新恋爱。就这么说吧，我们又重新在楼上恋爱，一句话也不说。男人们，是的，萍水相逢，渐行渐远。

这是你想要知道的吗？

二女儿：这样好吗？那样好吗？有时候，*有的时候*，那样好吗？

大女儿：不。我不知道。我对这个一无所知。我没问过自己这个问题。

好像应该是这样的。不管是哪个男人，差不多总是同样的做法，同样的可笑，最好不要注意那些细节，他们的袜子，让人扫兴，同样的疯狂大笑的欲望。

还有偶尔，被打动的时候有些心烦的惊讶。

二女儿：这里面你有爱过谁吗？这是我想要知道的。

大女儿：遗憾？

二女儿：是的，遗憾……

大女儿：对我自己的温柔，*那些东西吗*？……不，我不觉得。保健……卫生？……好吧。没有别的，我不觉得。

我总是对忧郁有那么一点怀疑。这种自私的忧郁，

这种可能要抱怨自己、情绪激动地感到遗憾的快乐，

接着会慢慢向我袭来的怜悯之情，我要避免的正是这个，得小心提防着这个。

需要规矩和原则。

我起床的时候，那家伙还在睡觉。他打着呼噜，和那些结了婚的男人一样。他们清楚另一半，他们的“老伴”早已经放弃。

我起床，我套上在浴缸的角落里前一天晚上穿的袜子。这样很好，恰好在不欠对方什么的时候离开。

一大早，在车站的餐厅里——必须得看看他们，休假外出的羞涩士兵！——

一大早，那么早，不知不觉地，这可能就会开始让我觉得难受。

在回来的路上，我再也不能轻松下来。不过我是专家，已经成为专家，我已经完全没有了感情。我练出来的，我嘲笑我自己，我避免那些不愉快的事情、怀旧的情绪，*所有这些*，算计。

我很懂得防备。

二女儿：我前面想说的是，男人。但是，我不知道，是那些更加讨人喜欢的男人，不是匆匆而过，而是能够让人有一些回忆的男人。不是那一些，是和我的男人们不一样的男人们，和我的生活不一样的生活。

大女儿：故事吗？和自己发生故事的男人吗？

二女儿：是的，就是这样。发生故事。可能和自己发生故事的男人。

大女儿：是一直让人觉得痛苦的人吗？邂逅之后再也不会相见，却在别人中间寻找他的痕迹的人。

那一个几乎把一切都搞乱了，甚至自己都意识不到，并且有时候，我很惊讶竟然会因为他抛弃我而恨他的人？*冷漠的人*？

我的秘密？

二女儿：像这样的一个男人，是的。

大女儿：我不知道，不知道。

我害怕这样，我不记得了。或者我不想要记起来。

我是否早就下定决心，绝对不让这样的事情发生在我的身上，是的，我不知道。

我为什么要谈这个呢，我是不是不应该放弃？不再把这个放在心上？*在像这样的一个日子里。*

我从来没有讲过这些吗？

二女儿：没有，从来没有，我从来没有听你说过。

停顿。

大女儿：是的。

这句话，我让学生们厌烦，总是这句话：

“她和其他人一样，也有自己的爱情故事……”

是这个吗？

（*停顿*）

那你呢？

二女儿：我？

哦，我，我，我不想回答这些问题。

她们笑了，也许。

（……）

小女儿：他走的时候，我还小。或多或少还小呢，还是孩子，小女孩，待在

　　角落里无足轻重的孩子。

我不重要。我说的是，我记得的是，我不重要。或多或少，一直以来，你们没法反驳的，你们是这样的，我从来就不重要。

我不知道。

那时候他走了，离开了我们，把我们遗弃在可悲的命运中，离开了没有希望的家，他说话的方式，让人看不到回来的希望，

他走的时候，没有人注意到我。在我的记忆里面，从来没有人注意到我。

而那一天相比别的日子，你们对我的关心要更少，

而那一天，还有其他的日子，

他走的时候，我记得很清楚，没有人关心我。

父亲赶他走的时候，把他推到门外，

你们从来不提这个。你们守护着你们的秘密。你们觉得这是个秘密。

这么多年来，你们小声说话不让我听到，我一进来你们就闭嘴，不把你们的秘密说出来……

父亲赶他走的时候，他很生气，暴怒。

又是他怒气冲天的一次，

我重复的是人们对我的说法。

又是他怒气冲天的一次，

一种比其他愤怒更厉害的愤怒，一种加倍的愤怒，在那一天，就像所有别的日子。

——因为我从来就没有记忆。我还很小，我不重要。你们总是想要美化那种生活，但是在我的记忆里面，那个时候，没有一天不是充满这样的愤怒、这样的喊叫和这样的暴力的，

因为，除了暴力就没有别的了。

以及所有那些话，吼叫、怒喊出的话，一个对另一个的喊叫，父亲和儿子总是想要打架、互相咒骂和威胁。

因为是关于威胁的，你们就保守秘密，你们否认。

可那是有关威胁的，是人们会相信和想象得出的威胁。

我是个孩子，我在那里，在那个角落里。

（*她指着*）

我们所恐惧的想象中的威胁，而这些威胁是可能被实施的。

我还小，我是个孩子，我想象着，那些应该不是文字，你们想把那些归到文字上面，

但其实是威胁和击打，还有伤口，威胁和伤口，*还有什么别的*？

仇恨和犯罪的火苗，一个瞬间。

我当时很小，没有人关心我，但是我听到了。

相互仇恨的父子。

我很小，不算什么，没有人防备我，那时候人们把我忘了就像人们一直把我遗忘，但是对于那段时间我就只有这些回忆了，我觉得，那不是我的想象。

对于那段时间我就只有这些回忆了，除了那些愤怒、那些喊叫、那些暴力，就没有了，不，还有仇恨，以及对于犯罪的恐惧，留在我的心里——

又是他怒气冲天的一次，

比我们之前经历过的别的几次发怒更加严重、更加决绝、更加猛烈……

母亲：你记得这些吗？你对于这些都记得吗？你看到了，你没有睡着，你离我们远远的，可你看到了并且你还记得？你在编故事。

那时候你在哪里？

小女儿：父亲赶他走的时候，*那一天*，我也明白他是在把他赶走，永远不要回来，我为什么不应该明白这些呢？

（你们所有人，你们明白，你们想要欺骗自己，但是你们所有人，你们早就都明白的）

当爸爸赶他走，并且命令他永远都不要回来的时候，当他离开家，再也不能，再也不能回来的时候，

当他赶他走的时候，他诅咒他。

那些句子很奇怪。

诅咒，

这些句子如果从别人的嘴里说出来，从书本里，从电影里，也许会让我们觉得好笑，或者没觉得有什么大不了，可是，在那一天，却不断回荡着并且让我感到害怕。

当他诅咒他的时候，我相信了，我是个孩子，我相信这个诅咒。

那些从来没有发生过的，或者只是在其他人身上发生的，或者在其他国家发生的，还有不可思议的，或者发生在遥远过去的，几千年之前的，

如此决绝的话，有一点可笑，却把我置于，

我不明白，

却把我置于，轮到我——你前面是怎么说的呢？——*置于决堤的泪海*。

当爸爸赶他走的时候，他举起拳头，我相信我看到他举起了拳头——那*是我的想象吗*？——

当他赶他走，还对他吼叫的时候，

问题就在于吼叫，

当他赶他走、诅咒他，还对他吼叫说他不会再让他回到这里的时候，

我看到了。那个人，那么年轻，*小弟弟*，我们总是说，我总是这么说。他比我年纪大，但我也和你们一样叫他*小弟弟*，

这也许会让她们笑吧，

当他把他赶走，*小弟弟*，我看到他走了。他背对着我，他走了。

他走下大路，离房子越来越远，*那里*，在小树林那一边的拐角附近，他消失了，什么也没有了，我知道这个，或者我今天想象出自己想到了这个，什么都没能把他留住。我们中没有任何一个人，没有一个人可能做得到，没有一个人本来可以做到。

我也没有，我太小了，我是个孩子，*小女孩*，无足轻重的孩子，没有人把他留住。

没有人再看到他。

假如那时候有人听我说，那就会知道我们不会再见到他了。假如那时候有人听我说，你们或许会留住他。

最老的女人：他不是永远地走了。

今天说起来很简单，而那一天，他就像往常一样地走了，过去他经常离家出走，可他还会回来的。

他们那时候总是在争吵，每一天，是的，问题就在于争吵，他们总是在争吵。我以为那一次就像其他几次一样，不是比其他罪过更严重的罪过。

他的父亲叫得非常大声。是的，他总是那样，

还诅咒他，用那些词，是的，那些词。

但是之前已经有过多少次了，他赶他走，命令他永远都不要再回来，之前已经有过多少次了，另一个，那一个，*小弟弟*，

另一个会回来的，几个小时或者几天之后，回到原来的地方，并没有什么变化啊？

那时候要更加暴力，今天说起来简单，

我们只记得那一天。但我们忘记了其他的日子，我们只想要保留那个时刻。

那时候也许更加暴力。我不知道，我迷糊了，那已经很久了。

他们互相说着狠话。那样仇恨对方的生活，这让我觉得他们也许最好分开一两天，就像有时候会发生的那样。我这样希望过。就一段时间。

但是，我看着他离开的时候并不知道他会永远地离开。

你指责我们。我们什么都没有做。我什么都没有做。你可以指责我们什么都没有做。

但是我那时候没想到会这样，我不可能想到，那将会是我们失去的那么些年的开始。

你指责我们。

我本来不会随他们去的，那个人，*你的母亲*，她也不会，还有其他人，不管她们多么柔弱。还有其他人，所有人，我们本来不会随他们去的。

我们本来会和他们中的一个或者另一个打起来，我们真的会打起来，你指责我们，但是我们本来会打起来的。

我们本来会到院子里，到路上，我们的举止应该会很不恰当，我们应该会脱掉外套，我们会这么做的。

母亲：他那时候经常会离家出走，但也总是会回来的。我怎么会想到会变成这样呢？我怎么能够想到这个呢，想到这会是这么多年等待的开始？

最老的女人：他们互相喊叫着对彼此生活可怕的评判。互相摧毁，都想要毁灭对方，想要伤害对方，把对方弄趴下，互相攻击对方的样子和想要变成的样子，他们都想要赢得这场斗争的胜利，我希望他能够跑开，我这样希望过。

我听着，我也害怕他们不再会和好，就像他们总是能够和好的那样。

——我总是想要看到他们能够互相谅解，最终他们能够互相谅解——

我害怕，但是我没看出来。我不觉得，我有想象过，这些年来我这样安慰自己。

我害怕。是的，我对他们之间的暴力总是感到害怕。

——仇恨？哦，不，我不想要，不要仇恨，不——

我害怕，但是我没看出来他会永远地离开。

离开家再也不踏入这间屋子半步，再也不关心我们，再也不和我们有任何关系。

我没有想到过这个。

小女儿：那你是什么时候意识到的呢？意识到那会是永远？

最老的女人：我们等过他。

那时候我们什么都不跟他父亲说。我们什么都不说。对此他的父亲也对我们只字不提，对于他的出走，

失踪。

对于他的消失，他对我们从来只字不提。

他渐渐老了，日趋衰弱。

他曾经的欲望，*现在*，除了老去，他什么都不要了。

当他必须来到这里的时候，他沉默地走着，

他的脚步声在楼梯上响起，门开了，我竖着耳朵。

你的母亲，*那个人*，他也从不跟她谈起有关他消失的任何事情，我觉得，她不会回答，我觉得不会。

关于这场消失、失踪，他也从来不跟你的母亲谈起。

而在其余的时间，白天，他去外面走走，我想是树林，田野，他早上出发，晚上回来，而且，什么都不说，经常整整一个礼拜，他什么都不跟我们说，他不觉得有必要这么做。

我们什么都没问，我们等待着这个男孩。

我们轮流站在门边，看着大路。

这条路总是离开我们，消失在*那里*，树林那边。

我们努力猜想，我们听着在山坡底下经过的车辆发出的声音，或许车会停下来。我们聆听那些迹象，夜里的脚步声，我们不提起那件事情，我们待在那里期待着，就是这个词，我们从来都不提起那件事情。我们期待着。这个词，还有一个词，*像这样子*，有一点可笑，没别的了。

这些年来，我们就是这样度过的。我们就是这样失去的。想象不到这段时间会这么长，我们那时候并不知道会这样。我们没有办法知道。

我们本来可以知道的。你怎么认为呢？我们本来可以知道，我们本来可以阻止他的，我们本来应该留住他的。

他的父亲和他，我们本来应该阻止他们的行为，我们当时没法想象我们的生活将会这样，谁能够想得到这些呢。

你似乎想要，

我是这么理解的，

你似乎想要指责我们。指责我们好像我们是有罪的，好像我们之前什么都没有看到，我们应该是有罪的。你似乎在这样指责我们。

你竟然敢这样指责我们，这是不对的，这是不公平的，我认为。

这是不公平的。因为没有人能够想到他永远都不会回来了，更不会想到他直到今天才会回来。在他临终之际，因为他要死了，我们知道他快要死了。

没有人会想象到他会这样任由我们这样，想到他会抛弃我们，因为他抛弃了我们，从没有给过我们任何消息。

从来没有，即便是他父亲死了的时候，可是他怎么能够知道呢？

——有谁能够告诉他吗？他能够知道这个吗？——

哪怕是他父亲死了的时候，他也毫无踪影，我们没有办法想象得到，没有办法。

而恰好，就在今天，在他奔跑的尽头，*在最后*，他快死了，他仿佛想要向我们展示什么，并且证明一些会让人痛苦的东西，因为这个会让我们痛苦。

从来没有任何人，我们之中没有任何人，你好像要指责我们，但是那时候并没有任何人，我们之中没有任何人，能够想象到这个，并且把它理解。

母亲：随她去吧。她想要指责我们。她永远都是不相干的，她永远都是无辜的。这就是她喜欢的。

(……)

最老的女人：那并不是真正的永别的日子。突然离家出走，摔门、咒骂他的父亲，他的父亲咒骂他，他摔门。

我不记得他拥抱过我。花时间这么做过，不记得他担心过我或她，*那个人*，他的母亲，我不记得。甚至是他的母亲，我不记得他担心过她。

别的也没有，我不记得有这方面的回忆。没有一个词，也没有一个微笑，他不看我们，他不担心我们，从来没有，我们一直都这么觉得，从那以后，他从来没有担心过我们，我们从来就显得无足轻重，或者让他有任何的兴趣。

大女儿：他离开了我们，把我们留下，而我们一直都待在这里，五个人，是我们，我们每一个，等着他，所有这些消失的岁月，停滞着，枯竭着，*在这里*。

然而，他离开的是他的父亲，那是他们两个人之间的事情。

他们的分开以及他们分开产生的暴力，而我们不算什么，我们从来都不算什么，我们等待着，这些年来我们等待着但是我们不算什么。

二女儿：他从来都没有担心过我们。他不在乎我们。

小女儿：这我发现了。

母亲：你们闭嘴，别这么说，丢掉这个念头。我不想听到这个。

二女儿： 这么长时间以来，他从来都没有过任何消息，这么长时间以来，他并不在乎我们，

他没有写过信。一个字、一条消息都没有，是不是我们没有这个重要？是不是在他的人生里面，我们的价值没有这个高？

什么都没有。

是不是这么长时间以来，他从来都没有想过我们，想过我们的慌乱与不安？

因为我们是慌乱不安的。

我们是慌乱不安的，而他无法无视我们迷失了，并且我们在等他。

在他出走以后，在他年纪更小的时候，

另外几次，

在他出走以后，几个小时或者有时候几天之后他就会回来。

他不会搞错的，他知道的，他看到我们，他看到我们的脸，当他最终再一次跨入家门的时候，他看到我们的脸，

他看到我们在等他，他知道我们在为他担心。

大女儿： 甚至是他的父亲，也几乎用一种难以察觉的方式，

他的父亲还对他说过这个，甚至是他的父亲也想让他明白这个，我相信。

我记不太清楚了，但是我相信甚至是他的父亲也为他的消失不见而担心，对他说过，看到他回来之后他才松了一口气。

他不能无视这个。

他看到了我们的欢天喜地，看到他回来我们有多么的开心，他对此很清楚。他不能无视我们所陷入的担心，他不能无视这个，

他那时候知道这个，他知道这个，他一直都知道。

我们对他深深的忧虑。

二女儿： 这么长时间，这么多年，一直到今天，他才回来了，他远离我们的这段时间里，他不可以无视我们的担忧，他不可以嘲笑这个。

是的，他知道这个的，

他不可以无视我们有多么的仓皇失措、停滞不前，*在这里*，封闭自我，绝望地等待着他，

他不可能不知道。

但他从未给过任何消息，一条信息都没有，从来没有。

这是他犯下的罪行，我想说。*一种罪行*，不在乎爱自己的人过得是什么样的生活，这是一种罪行，我不知道，我认为是这样的。

我忽然觉得这是一种罪行，我不确定，你们得帮帮我。

是的，我的担心、我的慌乱，所有这些失去的岁月，我和你们在场的所有人的时间——你们得帮帮我——我在等待他和担心他上面所毁灭的时间，

以及只是在最后的时刻才看到他回来，只是在这最后的时刻，看到他倒下，任他的包滑落，他的水手包或者军用包，

——回来以及倒在地上以及不对自己的生活做任何解释就这样死去，以及让我一无所知，什么都不给我！——

留给我们所有这些时间，

这是一种罪行，我认为是这样，我真的这么认为，突然，我真的这么认为，*一种罪行*，是的，和犯罪一样严重。

大女儿：或者还有对我们的鄙视。我说的是，或者还有对我们人生的鄙视，

对我们存在的鄙视，对我的存在的鄙视，对你们的存在的鄙视，

对我们的存在的鄙视，*在这里*，所有人，你们不回答，但是你们都听到了，还有对我们存在的鄙视。

一种抛弃，一种厌恶。

二女儿：他不在乎我们。我说过了。

你们害怕听到这个。

我们对他来说不算什么。他对我们一直以来的无视是一种严重的罪行，这是有罪的。而死亡，如果说他快死了，死亡并不能使他获得原谅。

（……）

老妇人：不再深情流露了，没有，对于那两个人不再有了。

——小的那个藏在楼梯下面，*那个角落*，她看着，没有人关心她，她不重要——那两个人不再深情流露了，在房间的正中的那两个人，她们不再流露深情了，温柔之情。

永别，不。

母亲：她们那时候在现场，我没有忘记。在现场，她们恰好在现场，她们大声叫骂，好像她们已经知道会这样，她们知道之后叫得更厉害了，她们试图抓住一个，阻止另一个，

阻止这场搏斗……

大女儿：他抱了我。偷偷地。

老妇人：完全没有。有的话我们会看到的。

大女儿：他抱了我，有那么一点，差不多有一点，抱过我……

二女儿：他突然把我抱向他，差不多抱在怀里，差不多抱了，然后马上猛地推开，

想要远离我和想要带着我一起走，两种念头在一起，在同时。

老妇人：完全没有。这是种手段。你们每一次都会多编造出一些东西。

小女儿： 每一次。

大女儿： 他想要阻止我们跟着他。

仿佛我们打起架来，同样的动作，我们仿佛在打架。同样的感受，同样的暴力，于是他把我逮住，拉到他那边又把我推开。

二女儿： 我们喊叫。那时候我们喊叫。父亲打我们耳光……

母亲： 他没有碰过你们，从没有碰过任何人。

老妇人： 那是最糟糕的，他只是说话声音太响了。

母亲： 从来没见他打过谁。

二女儿： 我们喊叫。他打我们耳光。他揍我们。他在他面前甩着胳膊，甩起来打到了我们。

老妇人： 今天她们说起这些很开心：关于双方对抗的记忆。她们有着优秀的想象力，还很丰富。

母亲： 没有人看到过。这是你们的手段。那一个，在楼梯下面，*那个角落*，她可能会说出真相，但那一个什么都没有看到。

暴力发生了，我不想要谈这个了，发生了暴力，暴力的话，不过只是一些话，没别的了。

没人能说他打人了，那不是真的。

大女儿： 他打了我们耳光，还揍了我们。我们没办法留住小弟弟，他离开了家，我们什么都没有做。

我们分开了。

二女儿：穿过大门，我们再也看不到什么了，再一次，结束了，只有往下通往树林的路，*那里*，然后消失在拐弯处。我们本应该追在他后面，走到院子里，在房子前面，互相紧紧抓牢，不去管举止是否得体，如同我们一直想保持的那样。

大女儿：我们本可以和他一起逃走的。这样应该是最好的，这些年就会一直在路上，这样应该会让我觉得快乐。

这让三个女孩笑了。

二女儿：他不在乎，他带着包，他再也不受束缚了。

大女儿：你穿红裙子的那会儿，他已经在火车上了。

小女儿：说到打人，可能是他打我们耳光的，好让我们放他走。

（……）

大女儿：我们在夜里剩下的时间所做的，在整个夜里，今晚，在他，*小弟弟*回来的夜里我们所做的是：我们不睡觉，我们唱着我们的歌，我们跳着我们慢悠悠的舞，我们五个人。

总是我们五个人，就像过去总是如此，就像我们一直都学着这么做。
所有这些失去的岁月，
我们为了这个年轻人而跳的宫廷曼舞[①]，这个故事。

---

① 译者注：原文为 Pavane，帕帆舞，又被称为孔雀舞，是一种 16 世纪（文艺复兴时期）欧洲盛行的缓慢双宫廷舞步，由许多对双人舞者组成一个队列，舞步缓慢而庄重。

我们没有睡意，我们待在我们的房间里，在我们生活的房间，这个角落。

我们守候着也许会从他的床上发出的声音，他在休息，我们这样说。我们守候着最微小的动静，我们希望他哪怕就动一下、翻身，或者说梦话。

我们等待着，我们留在这里。

母亲：我听着，我走近，我听着，就像他小时候我在门边听着一样，今天是一样的。我试着去猜，我没有任何线索。

二女儿：很长时间，我都相信这个。我知道什么呢？我阅读的东西，你念给我听的书或者给我讲述的书，我很长时间都这么相信，这是我的想法。

很长时间我都认为自己不能够活下去了，我会被担忧和痛苦一点点所蚕食。

我会变老。我会因为他而变老。等待他，很长时间我都相信，相信等待他将会把我毁灭，这个词，会把我毁灭。

很长时间，我这么相信，而今天所发生的，他的归来，过去一直让我感到恐惧，我害怕这个。

很长时间，我想象着那个人的死亡，小弟弟的死亡，很长时间我相信，想要相信他的死会把我和他一起带走。

大女儿：不是吗？

二女儿：不是。

这不是好或者坏，或者让人安心的。这不是真的，是这样，这不是真的，这是想象，是和想象的妥协，可这并不是真的。

我不知道，我不认为，我不会悲伤而死，我已经不再想象了，我觉得似乎不会那样，我已经不再想象自己会因为悲伤而死去了。

为什么我要撒谎呢？

人们想要悲剧，美丽而悲惨的家庭但我们的家庭并不是这样的，只不过是在一个全是女孩的家里死了一个男孩而已。

你可以微笑，没别的了。

有点过分的是，我们曾经做梦。我们想要这样，我们本可以要这样的，这应该美丽而痛苦，并且崇高，会让村子里的傻瓜们惊讶地合不拢嘴。

——*她跟着自己的兄弟一起死了，她是那么地爱他以至于悲伤到和他一起死了，诸如此类*，他们惊讶地嘴巴都合不拢了——

但是我不这样认为，这是个谎言，我白白内疚了，这是个谎言。

我甚至不知道，这本身又是一个谎言，

我甚至不知道我是否真心哀痛，我是否会真心哀痛。

她总是有道理的，*那个人*，她总是说：是我们的手段。

我不认为我会因为自己没有死而内疚。为在有些人死了之后还好好活着而感到羞愧，我不认为我会为此责备自己，或者勉强有点羞愧，只是在很短的一段时间，有一丁点的羞愧，只不过这样而已。

我的身体将不会把我抛弃。

我们总是这样相信，不，你，你不相信这个吗？

我们想要想象，

我的身体不会将我抛弃。它不会让自己倒下，当他最终死去的时候，我感到的悲伤或者痛苦，

悲伤将会无穷无尽，而那时候，我将会感到痛。在这里，在肚子上、胳膊上和腿上，

我会感到痛，就像有人打了我，我不喜欢这样，被人打了一顿。

悲伤将会把我整个人抓住，它把我的思想吞噬，它将我燃烧，我清楚这个而我感到害怕，我清楚这个。我看出来这个会发生的。我如此地恐惧，我害怕，害怕感到痛，还有我将会痛的时间，我害怕。

得帮帮我，你们要帮帮我。尽管你们沉浸在悲伤之中，你们还是得想到我，因为我的悲伤会更深，我说的是，得帮帮我，你们对我有这个责任，我

的悲伤永远比你们的要更深。

——在我小时候，当我还是孩子的时候，微小的忧郁就已经让我感到非常痛苦了。

我感到那么得痛苦，我想要死。不要再提起那些事情，我真心这么觉得，我发自内心地渴望这个，我想要死。

我发自内心地呼唤着死亡，是像这样吗？

令人惊讶的是，我什么都没有得到，没有任何回答，我痛苦着，只是这样，然而这本应该是如此简单、如此明朗，消失了，答案——

我的身体不会将我抛弃，而我也不会为它感到羞愧。我将会继续行走，继续想要行走，我将会继续吃饭，继续想要吃饭，明天我将会出发在路上，我将会关心明天的天气，并根据天气来准备着装。

你也是，你将会这么做，你将会关心下雨天晴，而下一个星期，我将会回到城里，我将会有我的工作，我将会离开这里。

我不敢这么说，你们所有人，特别是我们三个，可能是所有人，你们过去不敢这么想，我过去不敢这么说但是我们将会重新开始琐碎的日常。

只有那些，那些跟随在死亡之后到来的事情，那些琐碎的日常。

大女儿：然后接着，再过段时间，我们将会觉得自己是有罪的吗？

我们将会对自己说我们其实并没有那么绝望，五个骄傲而哀伤的人在她们的小山坡上，我们或许会为此责备自己。

我们将会对自己失望。

而其他人，那些人，他们将会嘲笑我们，我那些正派的学生们会将这些告诉他们正派的父母们，他们将会看到我重新站上我的讲台，保持着若无其事的样子，若无其事的神情，保持着我的角色，无论如何都不让悲伤流露出来，抑制住它，不将它表现出来。

我不会变得更亲切，这是一个标志，这件事不会让我的性格温和下来。

他们将会控诉我们以前对他们的嘲笑。这些年来，这份孤独，隐居者的生活，我们美丽的孤寡的脸庞，这样生活只是为了避开他们，我们是如此高傲，

他们将会控诉我们以前想尽办法远离他们，远离其他人，*人们*，不和傻瓜们来往。

他们将会控诉我们撒谎。谎言和傲慢。

小女儿：从今以后，每个星期天，在市政厅的广场上，*那个人*，我们的母亲，*那个人*在前面，而老太太在她的旁边，

我们三个在一起，穿着丧服像一群乌鸦，如此美丽却讨人厌，人们窃窃私语把我们议论。

大女儿：她们恢复过来了。她们熬过来了。（他们是这么说的）

小女儿：又过得有滋有味了。

二女儿：从今以后，他们监视着我们坐大巴出去旅行。

自从我的红裙子在那最差劲的舞会上重新出现，我们将会重新听到乡下人的冷笑。他们永远都期待着彻底的悲痛，乃至毁灭。

那些女人没有悲痛而亡，没有被尘土所埋，或者走入深山，在深山老林里了此余生。

他们会立刻评判那些女人，评判她们以及审判她们，既然审判她们并不能支配她们，为什么他们要彻底地评判她们？

（……）

大女儿：这将会很有趣，我第一个没有做爱的夏天。

去年，我本来应该有几个男人的，从那之后就再也没有了。整个去年秋

天和去年冬天，都没有，我没有碰到。我一个人，我并没有因为一个人而难过，渐渐地这变得不重要了，不重要或者不感兴趣了，我不知道了。

渐渐地，就连这种想法都消失了，我不得不放弃这个念头。

——*你能理解这个吗？*——我已经放弃了。

我挺好的。

从此以后，从他在这里开始，*小弟弟*，我得考虑这个，从他回来开始，在他将要活着的时间和我们应该要等待的时间里，

从此以后，我再也不会担心除他以外的人，我在生活中再也不会寻找别的东西了，我相信。

我们将照顾他，我们将会好好地照顾他。我们轮流陪在他的床边，对他负责，再也不将他丢弃，

每时每刻，白天和黑夜，

每时每刻，几乎寸步不离，直到永远，关注着他的生死，正在进行着的斗争。

除此之外，我就什么也没有了。

我们将只待在这里，紧张地，探出身子，

集中所有的注意力去发现难以察觉的时刻，确切的时刻，只剩下呼吸。

而我们会因为一无所获而精疲力竭，被微小的细节所摧毁，平静，这守候着呼吸的沉默，

这些我们轻手轻脚、小心翼翼的日子，最终因缓慢而毁坏，最终被衰竭而毁坏的日子。

除此之外，我就什么都不是了。

再然后，我将会是空的。

当一切终于结束，我将会是空的。

我将会浑身无力，我将会茫然无措，无欲无求，只有一个简单的念头，

那就是走到大路上，去城里找一个男人，第二天再回来。

我确信这将会发生在我身上，我甚至不会去想这个事情。

而当他死了，

小弟弟，

当他死了的时候，

我将会穿上丧服，我想象着这个，我们所有人都会失去，我们将会一无所有，我将会变得灰暗，

穿着丧服，

是的，千真万确。

穿着丧服，

我将会失去一切欲望——*我告诉你的正是这个*——我将会失去一切欲望，所有的欲望甚至欲望之初的欲望。

我将会结束这一切。

我不再相信任何东西了。我常常会觉得，说不定有一天这将会发生在我身上。

我不再相信任何东西了。我会自始至终穿着丧服，*在这里*，而丧服对我来说就够了，对我的人生来说足够了，

我也将死去。而死去，这将让我得到休息，我不再抗争，我也不再受苦，我美丽而隐秘的孤独和遗忘。

我将带着高傲的姿态，别的我什么都不要了。

我将会拥有回忆，这对我的人生来说足够了，这应该对我的人生来说足够了，我将会拥有回忆而我的回忆将会使我的生活获得平静。

接着，又是很多年以后，

——*在我现在的年纪*——

很多年以后，在他死后的很多年以后，*小弟弟*，他回到这里以及他死去

以后，在这个弟弟彻彻底底地离开我们的生活以后，

因为我们不想要想象这个，他还没有死所以我们不愿去想象这个，太害怕失去了。

哀伤的美人们，

因为担心你们的痛苦和他的情况，

你们不愿想象这个但是他将会彻彻底底地离开我们的生活。我们将会忘记他。你可以想象，我们将会忘记他，连你也会忘记他的。

那几个也是，她们将会把他忘记，

我们会调整好自己，你们可能会坚持，不把那些纪念日忘记，渐渐地，扫墓，

一遍又一遍清洗房间里的地砖，什么都不想碰。

任何一样，怎么都不愿意改变任何一样东西的位置，一样都不想扔掉，一样都不想给掉。博物馆，你们乡下的祖坟，我们会调整好，我们将会把他忘记。

有一个人会生下一个孩子。

你，你会生下一个孩子。你最终会带来一个孩子。你笑了。这个我们再说吧。

你将会生下一个孩子，*我的小外甥*，

在大广场上咒骂你的傻瓜们当中的一个，这些傻瓜中的一个会让你生下一个孩子，这个我们再说吧。

你从舞会上回来，你的红裙子很乱，你将会给我们生下一个孩子，

而孩子的房间将会是那一个房间，死去的小弟弟那间保持得很好的房间，一整个下午的打扫，打开窗户让空气进来，地上洗涤剂的气味和家具上光蜡的气味——你也记得吧，*上光蜡的气味*？——还有最后的痕迹，阁楼上面的水手包……

你们不愿意承认这个。在今天，像今天这样的日子，你们不愿意承认这

个，太早了，

看着他的尸体，因为那时候他已经成为尸体了，看着他的尸体从我们眼前滑倒，

在那里，在我们脚边。

刚刚跨过门口就倒在了地上，不愿意承认这个。

你不想要听，这个对你们来说是不可能的，是超越你们的能力的，你们拒绝承认这个，但是我们将会适应过来的。

必须这样。

我们将会适应过来的。

再过一段时间，

——*在我现在的年纪*——

很多年以后，

当轮到我变成一个老女人的时候，当轮到我像她一样的时候，那个人，母亲，我们如此稳重的母亲，当我拥有她的举止和仪态的时候，

当我变成这尊雕像的时候，她从来不哭。也从不对我们说，从不，说她的感受，说她的情绪。

当我去跟商贩谈发票的事情，

当我开始衰老的时候，很短暂的几个月，到了放弃自己的年纪，

当这些结束的时候，

再过一段时间，

——*在我现在的年纪*——

很多年之后，

如果欲望突然之间把我抓住，

如果爱情的意愿、爱人和被爱的意愿把我穿透，最终有一个人来到，将我带走，这样的欲望

——*我完完全全配得上这些，不，你不这么认为吗？*——

我将会把这些想象成一种如此深刻的痛苦、一场如此残酷的灾难、一个如此巨大的悲剧。

尤其是，尤其是，一个如此恶意的讽刺、一个天大的玩笑，不是吗？我想象着我将会逃走，我将会找到，我如此希望，找到能够逃离的力量，能够发出一声愤怒的喊叫然后逃离的力量。

想象我终于能够逃离这一切。

想象我将会把到来的那个人赶走，他会说他爱我，并希望我也爱他，他犯了一个大错，那就是他来得太晚了。

(……)

大女儿：你会走吗？

二女儿：我不知道。我能够决定吗？

就像那个人，我们的小男人以前在他童年的床上经常说的，*小弟弟*，

他那时候是怎么说的，他是哪里弄来的那句话？他从那句话里得到了那么多的好处：

"30 岁还没有离开过家乡的人就再也不会离开家乡了……"

我不知道。

差不多到这个分界线了。也许我会，一边奔跑，一边想要逃离出去。

今天晚上他要死了，深陷于悲痛之中的我将在黎明出发，搭第一辆大巴到新火车站，

我不知道。

我需要力量吧。

你呢？

大女儿：我，你之前是怎么说的，那个数字，整整三十年，年龄的界限，这是粗浅的，你是一个粗浅的女孩，

（*她们也许互相笑起来*）

我，我会留下来，你不信吗？我一定会留在这里，保持原位，操心那两个，年纪最大的两个，而我将和她们一样，

过我们三个人的生活，在一起，

将会过得，在我的想象里，

将会无拘无束地过着，生活甜美。是的，甜美，从一群女孩到一群老太太，不，我不知道，

——他们应当会用一种或者另一种方式称呼我们，其他人，*人们*，他们应当会给我们命名——

我将会慢慢变老，变得不再反抗，变得平静，我想要这样。

我将会继续上我的课，*小学女教师*，小心留意生活里我们所相信的东西，我们互相约定的东西。

从此以后，她们将不再有欲望，那两位，她们将会放弃。

我害怕她们和他一起枯竭，我害怕和担心她们。我将会小心留意。

小女儿：我不知道。最小的我不知道。

那个人，唯一可能还有机会的那个人，

对她来说事情总算能够开始了，

我不知道。我会走的，很可能，我想象的是，我会走的。

你们不问我吗？

二女儿：不，我们不会问你。

母亲：她们不会问你，不会，但是她们会担心。

小女儿：我将会等待我的时刻，我会走的，很可能，我说过了，轮到我走了，重新开始我的生活，开始我的生活，我想象的……

二女儿：我们不会问你，想象吧，是的，确实如此。

想象吧，我们不问你而你将会走的，就像你说的，想象吧，

但是我们不问你……

大女儿：或者三个人，再一次，

在家门口，再一次等待，三个人，一无所知地，在这里，永远都不离开彼此……

互相扶持，讲述我们的故事。

三个人，再一次。

我以前也是这样想的。

或者五个人一起，有可能，为什么不呢？五个人一起，那样挺好的……

(……)

老妇人：你怎么了？

母亲：没什么，我以为听到了什么声音。

1994 年 7 月 9 日

爱的故事（叠印）

Histoire d'amour (repérages)

宫宝荣 译

本剧于 1983 年 6 月搬演于法国贝桑松普拉诺瓦兹剧院（Espace Planoise），由剧作家担任导演。

人　物

女人
男甲
男乙

……之后，再也没有什么发生。

再没什么。

除了这些喊叫，永永远远，无处不在。

这同样的缺乏爱。

玛格丽特·杜拉斯《夜船》

序 幕

男甲：某个夜晚……他，男甲……这是两个男人和一个女人的故事。

女人：她温柔地笑笑，她……也许吧，并不是很清楚……也许她是在哭，而且，难以觉察……

男甲：某个夜晚……他，男甲……这是两个男人和一个女人的故事……他，男甲，离开了他的屋子，在黑暗中走着，穿过大街小巷……人们不清楚为什么全城的灯火都熄灭了……也许……他不明白……也许再也没有一个人……全体居民可能都悄悄地不告而别，没有一个人告诉我们……他们可能不告而别地逃跑了……或者呢，他们睡着了，这也是可能的……他们睡着了，闭口不言……

他，男甲……他心中在想他将不会回来了，这个故事全部结束了……

男乙：序幕，这故事主要是两个男人……

女人：她退缩在后……又是如此地接近……她说自己算不了什么，没别人重要……她处在中景位置……那里光线较少，看不清她。

男甲：他，男甲……

他朝江边走去，大家不再说河边，他朝江边走去，不知道会发生什么……

他心中痛苦，想的就是这个……在这座灯火熄灭……极其文学的城市里……要是能把心中的痛苦叫喊出来……不加克制地叫喊出来……那真是太美、太雅啦……《爱的故事》，也是一则文学故事……

女人温柔地笑笑，抑或弱弱地哭着。

男乙： 另外一个，第二个男人……我们将叫他男乙……他睡着了，我觉得，那个时候，在这段时间，就是这样的……他躺在床上，睡着了……

女人： 要让电话铃响起来才行。把他从睡眠中叫醒，并且跟他说……就这个，我想，要做的就是这个……这个也许不那么美丽，不那么高雅……不那么“极其文学”……当你这么说话的时候，我是多么地不喜欢！……在电话里跟他讲……放弃那条江并在你的兜底里找钱……天底下再简单不过的，《爱的故事》，这也可以是一则电话故事，仅此而已……

男甲： 在往江边走的时候……必须说的是，这是他的职业……在朝江边走的时候……他不知道……大家不知道，他有投江的打算……在往江边走的时候，江边有点远，他渐渐地想到了故事，想到这将可能成为一则美丽的故事……她悄悄地设计着，以她在空无一人的街上走路的速度，在心里悄悄地设计着……

当他来到之后，他就可以开始了。

当他来了，就可以开始。这正是他说的。他可以着手写作，强迫自己动手。《爱的故事》，有的时候，这曾经也是一本书。

男乙： 第二个男人……我们将叫他男乙，再后来，也许呢，他会有个名字……男乙呢，当他醒过来时……正是在他睡梦中，整个故事可能……当他醒过来时，他将一无所知……生活都将和从前一样……

第二个男人……我们将叫他男乙，再后来，也许呢，他会有个名字……男乙呢，在这整个夜晚，他都在睡觉……

女人： 这就是他想做的……我不再去想问题，你知道的，这是我好像明白的，最好是我不再提问题……我得拿捏词语、句子，还有想法，并不要问他……我不要他确认我所以为的，他没有意愿……

他要做的，便是讲述两个男人和一个女人的故事……

他要做的，便是顺其自然地讲述……这也是一个顺其自然的故事……便是顺其自然地讲述这两个男人和这个女人的故事……

我们跟他说……

有一天，他跟我们谈起了这些，我们回应了他。

我们跟他说会帮助他，我们会参与这个故事，可以说我们也将写作这个故事……《爱的故事》，也是我们两个人的故事……

男乙：是的，有人这么说……《爱的故事》，也是我们的故事。

男甲：接着呢，在此期间，大家分手。

接着，在此期间，他们分手了，两个男人和那个女人。他们各奔东西，说好他们重逢的时候，一起讲述故事。

过了好一阵子。

女人：她呢，她生活在另外一座城市，另外一个国家，离这里够远的，我觉得，很远。

男乙：男乙，这个呢，有点傻冒，是我唯一记得的，男乙睡得很多。

男甲：我写作。《爱的故事》，又是，一个写下的故事。

第一部分

男甲：接着，后来，大家重逢了。

我们现在都比分手的时候老了。许多年了，有可能，许多年流逝了，或者呢，我说不准，几个月，几个星期，仅此而已，但是一段相当长的时间，一段曾经是很重要的时间，让我觉得有好多年、漫长的几年的几个月、几个星期。

我们再次相聚在一起。

某个人，我们中的一个，讲述着故事。

女人：我的样子没有改变。他们这样跟我说……两个男人，其中的一个，这样跟我说。我笑笑。我回答说，如果这是真的话，如果他们跟我这么说不是为了让我高兴，不是为了讨我一笑，我回答说，这样很好……

男甲：大家重逢了。有个人，我们其中的一个，有个人说："我们再也不会分开，我们再也不要分开……这不是一个好主意……"

男乙：我们再也不分手。

现在这已经是一则老旧的故事。我是怎么说来着的？……这是一段插曲……

女人：他们又开始像从前那样生活，两个男人和那个女人，在这座城市里生活，就像他们在分手之前那样吗？

男甲：不，我不相信。

男甲。经过这个夜晚，这个我想死的夜晚，这个我曾经想死的夜晚，我朝着江边走去……

男乙：我不记得这个故事了，这是一个什么故事呀？你是不是已经跟我讲过这个故事啦？

女人：然后，他朝我转过身来，脸上带着他那可爱的孩子般的微笑：“刚才，我是不是说了句傻话？”

男甲：经过那个我想死的夜晚之后，我便留在了这个城里……我们就在这里生活，三个人生活在一起，相互挨着，两个男人和那个女人……

分手期间，我留在了这里，整个分手期间我都孤独地等着你们……

我在写一本书，或者一首歌，就只是一首歌。

《爱的故事》，就是一本书，这本书呢或者这首歌，让我感到岁月悠长的这些年、这些星期、或者这些月，他留下来的东西，几乎为零……

男乙：大家重逢了。

如今，我们都过了二十五岁。

男甲：这段时间呢，我差点死了。我想死。我这么说过，有的时候，我还哭了。这有点孩子气，稚气，我对自己反复说道……“这有点孩子气……”当时我将近二十五岁，人到这个年纪，不能再哭了，我对自己反复说道。

女人：我走得很远。

我住在另一个城市，另一个国家。在那里，我没有结交朋友。在整个分别期间，我都没有安顿下来，我都得住旅馆，好像是各种旅馆。我等待着能够回到这里、回到这个城市的时机，等待着这一切重新成为可能的时机，当我不再痛苦，我再回来，这就是我心中想的……

在那里，应该说，我也一样，我是寂寞的。

我不懂这个国家的语言，也没有费任何力气来学这门语言，并讲这门语言。

他们说我是陌生人。

他们说我是外国人。

他们就是这么叫我的，外国人。或者呢，有的时候，“法国人”，他们还这样叫，因为我来自法国，因为我是在法国出生的。

男甲： 我重建自己的生活。是这样说的吧？我不知道。这不是很准确。我重建了自己的生活。

我单独一个人住。

我决定这样，我决定从今以后，一个人住，该住多少时间，就住多少时间。

男乙： 除了我们，你就不认识其他任何人？当有时事情变得太困难的时候，当天气寒冷或者夜晚降临的时候，你不认识一个可以说说话的人？

男甲： 一个都不认识。

这是我开始生病的时候。有人说我开始生病了。

一个没有。

我没有这种愿望。

就这样，我就这样决定了。让我感到岁月悠长的这些月、这些星期就应该是这样度过的，除了你们没有任何人。

有时，就是我开始生病的时候，夜里我在梦中说话。是在战争爆发之前，那个时候。有人转述了睡梦中的人说的话。他这么说：“太害怕爱上你们之外的其他人。”

女人： 在另一个国家……你们不知道这个国家，它很遥远，我从来没有听到过你们说起这个国家，我好像觉得你们从未能够过去，未曾去过……在这另一个国家，在我房子的对面，有一个男人每天看着我。我不认识他。他出生在这个国家，我们说着不一样的语言。他看着我，而我呢，我知道这个，知道他在看我，仅此而已。

男甲：我要就这个故事写一本书。

我曾经有这个计划。从今以后我都得独自待在这里，你不可能知道这整个期间我是多么害怕！在这整个期间，两个男人和女人分开、各奔一方的整个期间，我都会把它用来写这本书。《爱的故事》，这是题目。《爱的故事》，将是关于我们曾经的生活的叙述，就像我现在所认识到的一样，退一步来看，就像我如今对我们仨人以前在一起的生活所感受到的。

我是这么说的，就在我们分手的时候，我说我要着手写作，我们等着瞧吧，等我们回来之后，当我们不再那么痛苦的时候，看看会怎么样，有一本书，一首歌或者一个题目，仅仅一个题目，随兴抛出，无足轻重。

《爱的故事》，之后呢，曾经也是一封我想寄给你们的信，我希望给你们写信，却不断地、不情愿地，出于害怕或者出于怯懦，我又放弃了。

《爱的故事》，同样，也是一封信。

男乙：我们走了。

这一切发生在哪里？火车站的一个月台上，这里也是，又一次……

她呢，那个女人，走得很远，我呢，只走了几公里，还是在同一个城市，好像是这座更古老的城市、围绕着那条江的一个街区，在那里我们三个人曾经一起生活过。

在那个时期，这里还是乡村，没有公路。

离战争爆发只有几个星期。

男甲："我几岁呢？"

我这么说道。

然后呢，我说我要写书，没有什么好犯愁的，没有什么可以为我担心的。

女人：就在火车站的月台上，女人，这时也这样，她几乎不声不响，走了。

大家看她不太清楚。

或者呢……

有的时候，我想情况就是这样的……她已经走了，悄无声息地，在那个夜晚，他们的三人生活，他们的生活飘忽不定的夜晚，当一切都宣告结束，疯狂取而代之……

别人没有看到她，

两个男人分手时，对她毫不在意，全然不知。

“我想，在这一阶段，我们的生活就是这样，正如我所记得的……”

说到这里，我问你，因为你才知道，说到这里，我也许笑了，或者呢，好像毫无察觉地，只是流了一些眼泪……也许吧，你从来不跟我说什么……

在分手持续的整个时期，我们两个人呢，距离很远。我们不说话。我们从来不打电话。有的时候，你给我写信，但非常少，那是在你生病之前……我读不懂所有的字，你写得潦草，我早就要跟你说这个了。然后，信呢，你用打字机打出来长长的信，从你的世界寄到我的世界，给我留下的是苦涩味道。我不要你这样去回忆，机械的、没有生气的回忆。

男甲：我说书呢，以后，等这一切都安排妥了，当我们不再那么痛苦，我们一起来读，因为那一天，我们都很痛苦，以后呢，必须再等等，这将不再存在。这将只是一种回忆，某个人，我们其中的一个人，说道。

我甚至想笑。

《爱的故事》，我想加上这个，它将是一部有趣的书，一部有趣的戏……我当时几岁呢？那是在战前。我眼睛里流下了泪水，还有把他们带走的火车，另外一个男人和女人，或者只有男人。

女人：第一部分就这样结束。这里也是，我一直这么做的，我问道：“我笑了吗？或者，几乎毫无察觉地，我就在这漂亮的场景里自由放纵？……”

这个呢，是肯定的，她笑道。

第二部分

女人： 在这另外的国家，在这个你们不知道的国家，有个男人看着我。他学我的语言，渐渐地跟我讲话，讲得很糟。我什么都听不懂。他问我是谁。他立刻要我承诺不再离开。我得发誓待在这个不属于我的国家，这个我是外国人的国家。

正是跟这个国家爆发了战争。

男乙： 他们互相并没有忘记。

他们相隔得很远，另一个男人，即男甲和她，那个女人，从一个国家到另一个国家，从男人的世界到女人的世界，他们互相并没有忘记。

我。

我呢，我所做的，在我们各自一方的生活期间，在我们相互隔绝的期间，我所做的，就是工作。

这是唯一的事情，唯一的印象，我白白地冥思苦想，这是我唯一存留的想法。

我呢，我工作。

"你变乖了……"，她说道，"你变乖了……"

女人： 信再也不来了。不知道出于什么原因，是由于战争还是因为男甲不再写了。整个这段时间，我待在那里，跟外国男人在一起，待在他的身旁。别人叫我"外国女人"，而他呢，别人叫他"外国女人的男人"。这是在战争时期。

男乙： 有人说我有责任，是我的过错。

在我们分手的时候，我们并不知道会持续多久，某个人，我们当中的一个人，跟我们这么说。他说，这是我的过错。

男甲：“说这是我的过错……”是这样说的，不对吗？……“我的过错”……？

女人：肯定的。

男乙：某个人，我们当中的一个人，跟我们这么说。这是我的过错。

我并不明白。

我回答。

我当时一无所知。“我呀，我当时才几岁啊？”我睡着了。你们记着点我吧。那是我的青春岁月。当另外一个男人后来走向江边的时候，大家说他想跳下去，对此我也一无所知……我们三个生活在一起。那女的呢，她从来不跟我说什么。没有人跟我解释。我睡着了，有人告诉我。我永远也不可能知道你笑了没有，或者说，兴许只是你的眼泪在流，不知不觉地……

女人：或者这一切什么都没有。

我们再也不知道了，忘掉这些需要很多时间，或许我也睡着了，就在你的身边，那又留下了什么呢？

可能只会留下他，在这漆黑的夜晚朝着江边走去，“表示了投江的愿望”。

男乙：好像另一个男人，因为我而痛苦。有人这么说。

男甲：好像是的，有人这么说。

女人：我笑了吗？……你从来不跟我说……我笑了吗？为了缓解气氛？……我笑了，放声大笑？……

男乙：我所做的，在分手持续的整个时间里，我所做的，就是工作。

故事，第二部分故事，你跟我说了这些，当我们再一次见面的时候，第二部分故事是这项工作的故事。

她笑了，优雅地笑了。

女人：《爱的故事》，甚至是项工作。

男乙：我决定谋份职业。这是一种生存方式，与其他方式一样。我决定未来做一名建筑师，我要造房子，建城市，建设像这里一样的地方。

一个建筑师的故事。

他另外造一幢房子，说他要在那里重建自己的生活，在这座新房子里，等战争结束之后，事情将会不一样。

那里还是乡下，没有公路。他就在那里建造。

一个建筑师的故事。

他建造另一座城市。他说，他要在这座新的城市里重建自己的生活，说在那里，等战争结束之后，事情将会不一样。

那里还是乡村。还没有公路，只有一两座房子。他就在那里搞建设。

在这本书里，书的题目是《爱的故事》，事情渐渐地变了，叙述方式也不同了。在这座新城里，这一切都写上了，他建造了这个地方，也就是我们现在的地方。之后，当她回来的时候，他会把她关在那里，把她，女人，扣作囚徒。不过，我们还没有讲到这儿。

女人：是的，还没讲到。

男乙：她将成为歌唱家，在这个他为她建造的地方，这是战争时期，她必须歌唱。他也一样，我也一样，从这个时候开始，我生病了。

一个建筑师的故事。

接着，渐渐地，《爱的故事》，衍变成了一则童话。

当男甲跟我讲述这本书的时候，就在我们重逢的时候，他说事情叙述的方式不同了。它成了一则建筑师的故事，战争时期建筑师建造了这个地方，为的是把一个女歌唱家关在里面，抑或成了一位歌唱家的回忆。

他说，他写建筑师这么做的目的是为了少些害怕，写他的病就是这样，写他假装不再是独自一人。在我们的头上有飞机飞过，而她呢，她在房子里面歌唱。

男甲：在整个分手期间……几个月几个星期，也许对我来说好像是几年，晚上我一个人躺在床上，或者呢，可能是因为我睡不着，我从床上起身坐了起来。

我动笔写作。

“我那时候几岁呀？”

我高声地，讲述着故事，一边写着，写那个建筑师的故事，渐渐地疯掉，为了一个离开他的女歌唱家，他等她等到发疯。

在第二部分的开始，那个男人，即男甲不太重要了，人们很难看清他，光线不好，或者呢，我不清楚，他死了或者已经在写另外一本书了。

女人：我回来的时候，他们正等着我，两个人都在，他们跟我讲述其中一个人写的书。

我读了这本书中过去的我。

我读了这本书中现在的我。

我不是都看得懂，事情变得多么的不一样。

不过，有的时候，我觉得写的这些看上去比我们曾经生活过的现实本身还要确切……

男乙：在这一章结束之际，有一段是写他们跟女人说的，之后的故事内容，将是建筑师和女歌唱家的故事，而她，那个女人，一回来就轻轻地哭了。她说：“我永远不会再唱了，唱得太差，别人要笑话我……”

女人：我不会唱歌。也许唱得太糟糕，别人会笑话我们……

第三部分

女人：我们重逢了。

我离开了外国男人，我丢下了他，抛弃了他，抑或他死了。这时战争结束了。

火车进站的时候，在这座老城里的车站里，这是大家对我最早讲的事情之一。我离开这一切都已经很久了，我曾经想过永远不回来了。

大家问我，因为我看上去像外国人，问我知不知道哪里可以睡觉和居住，大家告诉我世道变了，现在需要知道这个，以便适应这个世界。

大家跟我说老城消失了。

大家告诉我只有车站，就是我们眼下所在的地方，还屹立着，当然喽，墙壁，几堵墙壁和所有房屋还挺立着，但如今再没有人住在里面。那里只有一个男人，他变成了疯子，不肯离开。

从那个时候起，已经是战后时期。

丘陵上有一座新的城市，今天的生活就在这里，我得去的地方就是那儿。大家给我指路。有人在窗户的雾气上画了一张图。

男甲：我再也不动啦。别人说我不愿意再动，说我生病了。我把自己关在房子里，白天以及所有的夜晚。我就这样活着。我只是苟延残喘。我就此停息，这就是我对自己不断重复的。

当你透过门跟我讲话的时候，我再不听你。我什么都听不懂，这个故事，你所说的，过去……我都记不得了。到处有人说，有人写道，你成了一个进步人士。

你几乎 30 岁了。

男乙：某一个人，我们其中的一个说，他问这些年都去了哪里。我并没有看到这些年去了哪儿呀。

“我变乖了……“，这将是她要说的，她，那个女人，当我重新遇到她的时候。

男甲：我在书中说的并没有在别的地方说。

女人：“你变乖了……”同时，她补充这些也是为了宽慰他，因为她害怕万一他们终于重逢的时候，她会让他担心，还有，你没有改变。他呢，男乙，这个如今是建筑师的他呢，他笑了。他回答说如果这是真的，如果我不是为了他高兴说这些话，他回答说这样就很好……

男乙：她和我，女人和男乙，我们又住在一起了，住在新城里，大家几乎不再谈论战争，这是已经过去的故事。

他俩挨着住。他们每天都见面，但是几乎不说话。我们从来不谈论分手之前我们的生活，当时我们三个人在老城区、靠着江边住，生活在一起。

我们从来不谈论另外一个男人，那个现在还在写作并让我们如此怀念的男人。我们等待着这将重新成为可能的时刻，重新谈论他。

女人：某个人，我们当中的一个，这么说道：“再等一会儿吧，等到能够再谈论他的时候，等到我们不太害怕去冒这个风险的时候，我们再谈论他……”某个人，我们其中的一个，说了这些话，我不再记得了，是他还是我，这又有什么关系呢？……

男甲：后面的几年就这样度过。他们住在两个城市，男人和女人，即建筑师和女歌唱家住在一个城市；在老城区写书的住在另外一个城市，独自一人。“他们有多大岁数啦？”他们就这样待着，漫长的、整个的一生，都待在这些石头里面，她在变着、待着、歌唱着。

有人说这个故事的两个男人，各人以自己的方式，各人在自己的世界里，患上了疾病，而且还疯掉了。她呢，那个女人，在所有这些岁月里，在一生剩下的这些岁月里，她从来都不提这些，她待在这座建筑师为她建造、目的在于将她困在其中的房子里。有时，当有人跟她讲起的时候，或者当她在书中读到的时候，或许是当她自己意识到的时候，当她知道这个疯子故事中的两个男人都患了疾病，她并不回答，勉强笑一笑，就像她从前所做的那样，并不真的为人所知……

女人：此地和别处，此时和以往任何时候，你不说，我不知……

尾声

女人：最后呢，事情发展得越来越快，一切都乱套了，我们离想要的生活越来越远，离原本应该写的极其遥远。有一天，书还没有写完，他就倒下去了，同时被书带走、被水淹没。

或者呢，他丢下了书，他不再有兴趣了，去讲述别的东西了。他说他原先想要说的东西，并不是现在这样。起初，《爱的故事》，是别样的故事。

爱的故事（最后几章）

Histoire d’amour (Derniers chapitres)

宫宝荣　译

1991 年 4 月，此剧本创作并由拉戛尔斯本人导演于法国贝藏松普拉诺瓦斯剧院（Espace Planoise), 1992 年 2 月复排于巴黎国际大学城剧院。

人　物

女人
男甲
男乙

序

男甲：序幕。

男甲。

某夜，男甲独自一人。人们忘记了他，不知道他的近况，不知道他遭遇到了什么事情，他遭遇了什么。

他的遭遇。

“他几岁？”

男甲，某夜……

这是一则两个男人和一个女人的故事。

女人：她呢，女人（我），她呀，她轻声地笑着。也许，大家不太注意到的是，或许她也哭，难以觉察地哭，这有可能。

男甲：某夜。

某夜，他，男甲。

（这是一则两个男人和一个女人的故事）

他，男甲。

女人：你。

男甲：正是。我。

男甲，他，我。——别来跟我搅和——男甲离家出走。他离开那张睡过的床，把房子、床远远地甩在身后。

把它们抛弃。（思想）

他在黑暗中走着，走在马路上。
不知道为什么全城的灯都熄灭了，
几乎可以说整座城市一团漆黑。

这一切都发生在老城厢里，古色古香的老城厢。

也许
——他这样想着——
也许他不懂得，也许他不理解，也许没有一个人。
所有的居民都可能走了——一个类似这样的故事——所有的居民全都不留地址地走了，
一个不剩，全都悄然无声地走了，却没一个人告诉他。

别人从来不告诉我什么。

他们也许逃跑了
——他这样想——
不声不响地溜了。
或者呢，他们在睡觉，这更简单，只有他才想象得更复杂。
他们在睡觉，这是可能的，可信的，他们在睡觉，口不出声。

他，男甲，他心里在想，他不再回来，这则故事就此结束，
他遣词造句，
告诉自己说
整个故事就此结束。

他在衰老——我说的就是这个——他也在衰老，就在这个时候，夜晚散步于城里之际，他尤其在衰老。

男乙：男乙。

序幕，主要是男甲的故事，他的出走，他的理想幻灭。

女人：我退居一旁，同时又如此之近。她说自己算不了什么，

不怎么重要。

她处在次要层面，灯光较弱，看不太清。

男甲：男甲。

我一直是这么生活来着。

我不知道、没想到有一天，比如说在这个夜晚，一切都会熄灭、结束。

我们三个人如此这般地生活在一起。

故事的梗概便是如此。

我们三个人在一起生活。

“我们几岁啦？”

这一切发生在老城厢。

以前这里什么都没有，只是乡间田野，没有马路，没有房屋。

有一天，一个夜晚，就在这个夜晚，一切都宣告结束，我生活的一个阶段结束了。我二十几岁，二十二三岁，对发生的事情不太理解。

有人背叛。

男甲，我（我扮演的那个），

男甲这么说，他这么想。

他这么写，以他的方式。

他寄了一封信，他这样写道：

“有人背叛……”

匿名信、情书，真令人舒心，我写得不够多。

他离开了被窝，离开了家，朝河边走去（我们把他留在了那里），

他不知道会发生什么事情，

他不幸，心中就想着这个。

有时候我对不幸会产生这种同情心！

我有！我有这种对不幸的同情心！

这本该很美，很高雅，在一团漆黑的城里叫喊着（重复：在这一团漆黑的城里），在这一团漆黑的城里、极其文雅的城里叫喊，这样本该很美，

《爱的故事》[1]，这是一则文雅的故事。

男乙：她笑了。

女人：朗读：

她轻轻地笑着，或者微微地哭泣，我记不起来了。

男乙：另一个男人，第二个，

姑且就算是我，

男乙在这个阶段，当一切开始时，在这个阶段的时候，男乙什么都不干。

他当时最年轻，

（他最年轻）

我想他当时年纪最轻，他和他们一起生活在那里。

当另一个人往河里走时，他还在床上，他还在睡觉。

我正睡着呢。

就是这样，就那个时候，当一切开始时，我什么都记不起，我躺在床上，在睡觉。

---

① 译者注：男甲为剧作家，《爱情故事》为其正在构思的作品，故有书名号。

女人：只要让电话铃声响起，把他从睡梦中叫醒，告诉他，
用劲地跟他说，
告诉他你还在就够了。
我想，这就是他本该做的事。

当然，这样也许就会不太漂亮，
可惜了，
不太高雅，
当然也不太“极其文雅”。
当你这样说话的时候，我是多么地不喜欢！
在电话对他说，
（在我跟你说话的时候，你要看着我！）
在电话里跟他说，不要去月光下的河，
掏一掏口袋里的钱。

男甲：在那个阶段
（对第一种说法的补充）
在那个阶段，大家很愿意回忆过去。大家能够做到，这与今天的社会相比有小小的不同，在那个阶段，大家都记得。
在那个阶段，还能够用硬币打电话。
我们还没有完全臣服于绝对而且必需的预付电话磁卡。

女人：我再说一遍：
在电话中跟他讲，不要去月光下的河流掏一掏口袋里的钱，再简单不过的事。

《爱的故事》，也可以是一则电话故事，仅此而已。

男甲：男甲。

在朝河边走下去的时候（我们就在那儿离开了他），在朝河边走下去的时候……

这是他的职业，必须这样说。

男乙：他们什么也搞不懂。

男甲：讲故事，编故事，他就靠这维持生计（我会解释的），
讲故事是他的职业。
朝着河边往下走。

女人：起来：

女人，男乙："就在那里我们离开了他。"

男甲：朝着河边往下走的时候，大家不知道，我忘了说到哪里，
他有跳河的计划。
在朝河边往下走的时候，他是个年轻人，
而且有这么一个夸大的喜好。

他渐渐地想到，这将成为一个故事，一个动人的故事，有可能成为一个美妙的故事。

这个故事随着他走在空无一人的马路上的步伐渐渐地形成。

男乙：《在漆黑一团的城市里》

男甲：在他的头脑里……

当他走近河边时，便是起跳的理想时刻，故事便有了眉目，他不死，转

过身，去写故事。

《爱的故事》，这是一本书。

女人：她笑了。

她率真地笑着。

（书上这样写着。）

男乙：我呢，我不知道，你们从来不跟我说什么。

我睡了。

女人笑着。

第一部分

男乙： 我们走向小山丘（今天，那儿叫作城市，新城）。
山丘上，要是我记得不错的话，我们散步。
大家边散步，
边互相讲故事，
这让我们感到好笑。

你是三个人当中笑得最少的。

男甲： 这有可能。
我记不清了。
这有可能。
我记不起来是否比其他人笑得更多或者少。我是节制，或者诸如此类的原因。

女人： 他想做的——总是老一套——他讲一个故事，跟我或近或远地相关。
我不再想问题，你知道。
（对你）
这是我自以为理解的。
我应该能理解词语、句子，还有意思，而不用询问他。
我不要他确认我以为的东西，我猜想的东西。
我想（我知道），我想他并无这种愿望。

他想做的，就是讲故事，亦即你们两个——男人，
和一个女人，
就是我。

故事。
这就是我认为所理解的。
表演一下这个我不喜欢的游戏：表演“以前”。
是的，以前。
以前，他已经说过同样的事情，当我们要求他的时候。

男乙：我们当时还年轻，
我们有……

女人：他想做的（重复），
他想叙述的，
是他的职业——你这样说过——这只不过是个天真的故事。这两个男人和这个女人的天真故事，一个发生在刚刚过去的十年间的故事，或是还在眼前，正在逝去的十年间的故事。

男甲：赶快开始。

男乙：我们跟他说会帮助他，会加入这个故事，
在某种方式上，我们也会写这个故事。

《爱的故事》，它也是我们两个人的故事。

女人：对，有这么一说。
《爱的故事》，也是我们的故事。

男甲：赶快开始，真正地开始。

男甲。
然后，他们分手，他们离开了。

男甲，在这个让他感到被人背叛的夜晚，男甲不再回来跟他们住在一起。
他不能这样。

男乙：火车声（背景音响）。

女人：然后，有一段时间。

《爱的故事》，讲的便是这场分手的故事。

然后，有一段时间，他们分开了，三个人，
别离了，
男乙（那儿，他）和女人待在一起，
几乎就在同时，
也分手了。

男乙：他们说着，轮流依次，他们说，你说，你也是。他们说会给我写信，会告诉我他们的情况。
这些都发生在战争之前。

男甲：男甲。
过了好长一段时间。

女人：她想，从今以后，这里的事情，
不会再像以前那样，再也不会像从前那样。
她生活在另一个国家，离这儿相当远，很远。
我想，我不知道（写着的东西）。
在这另一个国家，我学习歌唱。

男乙：男乙呢，有点笨，这是我唯一还记得的，男乙睡着了。
他年轻，我当时年轻，在那个阶段，在战争爆发之前，
他年纪轻，不工作，就睡觉。
今天（另一个细节），今天，我不一样。
没什么好坏，但我不一样了。

男甲：男甲。
我写，我开始写，
我开始写的内容是
“我当时几岁？”

《爱的故事》，这是我写的第一个故事，
我写的第一个爱的故事，等等。

男乙：火车声重起（录音带）。

男甲：男甲。
第一部分。
这是在战争爆发之前，很短的时间。
我一个人留在这里，男甲一个人留在这里，在老城里，丘陵底下，如今已经被毁，荡然无存。

男乙：女人唱了一点，几乎没唱，很难听见。在她那个角落，或者很远或者很近。

女人：我在唱吗？我没唱。我不记得，我唱了吗？

男乙：我不知道，这儿写着呢，我读道：

“她唱着歌……”

好，我不清楚。待会儿看吧。

女人：都看过啦！

男乙：待会儿看！

好吧。

“火车声。”

男甲：男甲。

（我继续）

这个夜晚之后，我想去死，在经历了这个我想死的夜晚之后，我向河边走去。

男乙：我记不起来这个故事了。

这是什么故事？

你是否已经说过这个故事？

女人：然后，带着他那孩子般的微笑，他转身对我说：

“我是否已经说过傻话啦？”

男甲：在这个我想死的夜晚之后，

（走向河边。是吧？）

在这个夜晚，我留在了城里。

我们三个人一起住在这里，在你将一切砸碎之前，摧毁一切之前，

在这里我们生活在一起，

先后，两个男人和一个女人。

在整个分开的时间，我都留在这里，我一直孤独地在等待着你。

我在写这本书，一本书或一支歌，简简单单的一支歌。

《爱的故事》，就是这本书，这本书或这支歌，

剩下的，这些年来，几乎什么都没有，这些星期或这些月就像几年一样。

男乙：女人稍稍哼唱，几乎没什么，很难听见。

女人：她笑了，很轻，我们就像听张唱片一样，感觉不到。

女人跟着唱片哼。

男甲：也是在这段时间，我差点死去。我想死，这是在我二十五岁的时候，我想是的。

我想死去，我住在这个老城，我想死。

我这么说过，有时候，我还落泪。

这有点孩子气，幼稚。我重复着这句话：

"这有点孩子气，幼稚……"

我将近二十五岁，对，正是在战争爆发之前，已经不再哭泣了。我这么重复着，人到了这个年纪不再哭泣。

男乙：打字机，声响。对，打字机。

女人：我远走高飞，到了另一个国家。

那里，她不交朋友。在整个分开期间，我没有安家，只得住在旅馆里面，好像是住过许多家旅馆。

我等待着能够回到这个地方、这个城市的时机，

我等待着这一切又重新成为可能的时机。

当我不再痛的时候，我就回来。

（这就是我对自己说的）

那里，在某种方式上，在那里，我也孤单。你们怎么想的？

她不懂这个国家的语言，又不花一点力气去学。我不花任何力气。她不花一点力气来学习和讲这种语言。

人们说我是个外国女人，别人就是这么叫她的，外国女人。

我学习唱歌。

男乙：她唱点歌吗？

男甲：我重新开始自己的生活。

是这样说吗？

我不知道，这不太准确，我重新开始自己的生活。我一个人住在城里，在老城里。

我这样决定，这样决定了，我决定从今以后，我一个人住，需要多少时间，就多少时间。

有时我也喘不过气来，一阵窒息。

男乙：我在这儿，就在你身旁。

在战争爆发之前。

我悄悄跟你说，可你不听我的。

女人：几乎是耳语：

男乙：“这没什么，只不过是你生命中的一段小插曲……你二十五岁了，不要紧……”

这不要紧。

男乙。除了我们你谁也不认识吗？
（什么呀？什么“除了我们”？）
有的时候，当有些事变得过于困难时，
当事情变得一团糟的时候，有谁你可以说话吗？

男甲：这是我生病之初。我开始生病。

我在那里。
我没有人好说话，我没有这种愿望。
就这样，我这样决定，如此，这几个月、几个星期，这些让我度日如年的日子，都该在除了你们别无他人的情况下度过的。
有的时候还——这是我生病之初——我在睡意中说到夜晚。
这是在战争之前，
那个时候，
（这种病，我管战争也叫病）
这是战争之前，在我的睡梦中，我说了这样的话：
“太害怕爱上你们之外的人……”

男乙：电话声，电话铃声，长长的电话铃声，没人回应，还有其他响声，铃声，长长的铃声，电话铃声，男人中的一个，你，我，男人中的一个拎起电话，现在是其他声响——音带——现在是其他声响，电话铃音，或者是有时电话里听到的空音，给你打电话的人就在你拎起话筒时的那一刻放弃了，话筒里就传来空响，既可笑又令人绝望。那个人无可企及，还可能是其他声音，当你和我，两个男人中间的一人拎起话筒时，电话那头不说话的人的气息可闻，既那么远又那么近。他的喘气声，正是，然后他干脆、粗暴地放下听筒，放弃，简单地证实我们是否在，放弃，还有——仍然是音带——还有，在旧版本上再加上其他声响，各种声音，电话答录机：

“您打通了，但是我们不在。”

女人：在这另一个国家

（我继续说吗？）

在这另一个国家，你们并不知道，太远了。我从来没有听你们谈到过这个国家，我不觉得你们曾经，有朝一日，在那里生活，或者，只不过路过那里。

在这另一个国家，在我家的对面，每天有一个男人看着我。

我不认识他。

我学习歌唱。

（大家看见过他）

我学习歌唱，他听我唱，长时间地待在那里，听我唱。

（比如，我在窗户旁练唱，他就在院子的对面那间房间里）

他出生在这个国家，我们不说同一种语言。

他看着我，我唱歌，我知道他在看我，我俩之间好长时间就只有这个。

男甲：男甲。

我想就这个故事写本书，我已经有了计划。

男乙：电话铃响。

男甲：从此以后，所有时间我都得独自一人

——你可想不到我是多么害怕！——两个男人和一个女人分开期间，各奔东西的全部时间，我会把它用于写这本书。

《爱的故事》，书的题目。

《爱的故事》，将叙述我们过去的生活，
我今天眼中的以往生活，
带着距离，
我现在如何感觉往事，
叙述我们三个人从前、以往所经历的一切。

我说这些时正是我们分手之际，我说这些，
我想着手行动，然后再看。
“我想着手行动，然后再看……”
等轮到我们不再那么痛心，再来看这将会怎样，
一本书，一支歌曲，或一个名称，仅仅是一个无足轻重、不着边际的名称。

《爱的故事》，以后也是我想给你寄的一封信，一封我想给你写的信，而由于害怕或懦弱，由于并非真心想写，又不断地放弃。

《爱的故事》，它也是一封信。

男乙： 我们走了。
这一切发生在哪里？
一个火车站，这一次，还是在那里。
她呢（你），她呀，女人哪，走得很远。
我呢，男乙，我只走了几公里，
在同一座城里，
在这座较早的城里的一个街区，靠近我们三个人共同生活过的那条河。
在那段时间，那儿还是乡下，没有道路。
仅仅在战争爆发的几个星期之前，你病倒了，就在打仗之前。

火车。

男甲：男甲。

“我几岁？”

我这么说，然后呢，我又认为加上一句我将写一本书很好，以便有点“狡黠”的味道，认为没什么好担心的，没什么要为自己犯愁的，

这场的不幸，分离（及其一切，一直，疾病，一样），

这一切并不是那么坏，肯定可以让我写本书。

女人：在火车站台上，那儿一样，女人勉强退居在后。

她走了，人们看不清她。

男乙：幻灯片。

（幻灯片？在我们说话的时候？）

女人：或者呢

有的时候，我想这一切就如此发生，

她已经悄悄地出发，在那个夜晚，他们的生活，

三人生活，

那个夜晚他们的生活发生了动摇，

当一切都结束、当疾病有了一席之地时，她走了。

大家看不见她。

两个男人不考虑她，看不见她，毫不知情地分手。

就这样，我走出了舞台，走出了画面，就这个样子，抬起脚跟，妈的，踮着脚。

“就是这样，我相信，那时候我们就是这样生活的，在我的记忆中……”

她这么说，然后她下场了

（缓过气来，一字一顿地说）

“踮着脚”。

就此，

我问你，因为你知道，

也许就此，我也许笑了，或者，作为觉察不到的东西，只有泪水。

也许。

你从来不跟我说什么。

男甲：男甲。

我不知道。

女人：看吧。

男乙：电话铃响。

女人：

女人：整个分手期间，

我们相互离得很远。

我们相互不说话。从不。

大家互通电话。

有时，你很罕见地跟我写信，这是在你生病之前。

我读不懂每一个词，你写得潦草。好长一段时间以来，我就想跟你说这件事，

之后是你的信，你用打字机写就的长信，从你的圈子到我的天地，让我感到很难受。

而且你还不说真话。

男乙：电话铃响。

男甲：我想，那本书，我们以后一起读，

今天，
等一切都结束，
“修复”，
等我们伤痛稍微好些，
然后，
就得等待，
这不再存在。
“这将不再是一场遥远的回忆”，
有人说过，
我们当中的一个人。

我甚至想要笑。

《爱的故事》，这是我想加上去，将是一本滑稽的书（我是这么想的），一本滑稽的书，一个滑稽的剧本。

然后还有眼泪。
我那时几岁啊？
是在战争之前吗？
泪水从我眼里夺眶而出，还有载着他们的火车，她和他，你们，另一个男人和女人或者只是两个当中的一个。

女人：第一部分就此结束，
谢幕。
同样，在这里，我一直这样做，我问道：
“我笑或仅仅一笑，不知不觉地，我是不是在这个漂亮的场面自由发挥？”

男甲：这，是肯定的，她笑。

笑吧。

男乙：战争的声音。

火车。

第二部分

男乙：灯光。

女人：在这个异乡他国，一个你们并不知道的国家，有一个男人看着我。他学说我的话，慢慢地跟我说话，说得够糟糕。

我什么也听不懂。我笑。

他问我是谁。

他立即要我答应不再走，永远不再离开他。

我不得不发誓待在这个并不是我的国家、一个我是外国人的国家。

战争正是在这个国家爆发的。

男乙：他们忘不了对方。

你们忘不了对方。

他们两个，另一个男人即男甲和她——女人相互已经离得很远，但从一个国家到另一个国家，从你的世界到她的世界，他们相互忘不了对方。

我。

我呢，我所做的，在我们各自生活期间，在我们分离期间，我所做的，便是工作。

我工作了。

我算是白费劲了，这是我所记住的唯一的事件，唯一的印象，唯一的想法。

我呢，我工作来着。

“你变乖了……”她说道。

“你变乖了。”

女人：信不再送来。

不知道什么缘故，是由于战争呢，还是由于你生病了，或更简单的原因，就是男甲不再写信了。

那段时间，我便留在那里，和这个外国人在一起，

在他身边。

别人叫我“外国女人”，叫他“外国女人的男人”。

这发生在战争期间。

男乙：这个人，他这么说道，这个人呢，有一天，他说这是他的错，这一切，他说，你说我该负责。

当我们分手的时候，我们并不知道会有多长时间，

吃不准是否还能见面，

我们其中有一个人这样说，他说这是我的错。

女人：“是我的错。”

是这么说的，对吧？

“我的错。”

男甲：无论如何，这是他的错。

男乙：有一个，我们当中的一个，说了这话。

也就是“这是我的错”。

我不知道。

我回答。

我懵然无知。

“当时我有多大呀，我？”

我正睡着。请也稍微记得着点我。

我正青春年少。

当你走向河边、江边，大家说他想投河。对这些我也一无所知。

我们三个人一起生活。

她—你—她。女人，她从来不跟我说什么。大家不告诉我。我在睡觉，就是，我睡觉来着，别人对我说的。我永远不会知道你笑了没有，或者呢，不知不觉地；或者呢，就只有你的眼泪在流淌……

女人：或者什么也没发生。

我们再也不知道，我再也不记得，需要很长时间才能忘记，也许我也在睡觉，睡在你的身边，这样的话，

还记得什么？

只剩下他，那个人，不只是他，明月之下朝着那江、那河走过去，

并且“表达了要跳河的意思”。

男乙：听说另一个男人，第一个，由于我而痛苦。

别人是这么说的（写着呢）。

男甲：听说。

别人是这么说的。

写着呢。

女人：我笑了吗？

你从来不跟我说。我笑了吗？

为了缓和气氛？

我笑了？我开口大笑？

男乙：继续说。接下来的是：

我所做的，整个分离期间，“分离持续的整个期间”，

我所做的，就是工作。

故事呢，故事的第二部分，当我们重逢的时候，你把这些告诉了我，故事的第二部分，这便是这工作的故事。

女人：“爱的故事”，这甚至是一份工作。

男乙：我决定要有份工作。这是活下去的方式之一。我决定当个建筑师，造房子，建城市，

就像这里一样的地方。

一个建筑师的故事。

他在造另一座房子，他说——我说了这些话——他说要在那里重新生活，

在这座新房子里，当战争即将结束的时候，

事情就将不一样了。

还是在乡村，没有道路，什么都没有。这里，这一块，仅仅是田野。

他就在那里造房子。

一个建筑师的故事。

他在建造另一个城市。

他说他将在这座新城市里重铸生活，在那里，

当战争即将结束时，

事情就将不一样了。

还是乡村，没有道路，就仅仅一座房子或两座房子，他决定就在那里造房。

在书上

——这本书呢，这本书题名为《爱的故事》——事情逐渐地改变，讲述的方式也不一样。

在这座新城里——书上写着——

他建设这块地方，也就是我们今晚所在的地方。

后来，当她回来的时候，
——你，女人——
当她回来的时候，就是在那里他把她关了起来，把她囚禁起来，
不过，我们还没有说到那里。

女人： 女人，用一个十分温柔的手势：
“没有，还没有呢。”

男乙： 她将成为歌唱家，就在这个他为她建造房子的地方，
正值战争之时，她必须唱歌。
他也是——我也是——就从这时开始我病倒了。

一个建筑师的故事。
然后，渐渐地，“爱的故事”，便变成了一则寓言。

当男甲跟我说那本书的时候，
在大家重逢之际，
他说事情说得不一样。
它讲的是一个建筑师的故事，他在战争期间建造这间房子为的是囚禁一个女歌唱家，或者是为了纪念一个女歌唱家。
他说，他写道，建筑师这样做是为了少些害怕。
我，建筑师的毛病，就是害怕。
他说，他写道，他这么做是为了装作不是孤身一人。

男甲： 我们头上是飞机轰鸣声。

女人：她呢，在里面，她唱着歌。

男甲：男甲。

在整个分离时期，几个月，也许几个星期，都让我觉得度日如年，晚上，我独自躺在床上，

或者，因为我睡不着觉，我就起来，坐下。

我写作。

“我当时几岁？”

我一面大声地讲故事，一面写下来，这个疯狂的建筑师的故事。渐渐地，疯狂地爱上了一个离开他的歌唱家，他等她一直等到发疯。

在第二部分的开始，男人，男甲，我，不太重要的男人，人们看不清他，灯光不亮，

或者，

我不清楚，

他生病死了，

或者他已经写下了另一本书。

女人：在我回来的时候，他们等着我。

两个人。他们告诉我其中一个人写的书。

我读到了这本书中所写的我。我读了这本书中的我，其中的一个人物。

我并没有全部读懂，事情又是多么的不同。

不过，有的时候，写的事让我觉得更确切，比我们生活过的现实更加确切。

男乙：在这一章将近结束的地方，有一段，他们告诉女人此后的故事，建筑师和歌唱家的故事，她，女人，你，

刚回来不久，她就轻柔地哭泣起来。

她说道：

“我从来就不会唱歌，或者唱得很差，以至于别人会嘲笑我。”

女人：我不会唱歌，或者唱得很差，以至于别人会嘲笑我。

第三部分

女人：大家重逢在一起。

我离开了外国男人，把他丢开，抛弃他或者他死掉。

正是战争结束之际。

当火车进站时，到了老城区，大家最先对我说的事情之一便是，我离开这一切都已经很久远，我想再也不会回去的。

有人问我，如今我是个外人，由于是个外人，

是否知道睡在哪里，住在何方，

有人告诉我人世沧桑，从此有必要知道这个，以便顺应。

也有人告诉我说，老城不复存在。

有人跟我说，在那里，只有火车站还保留着，

当然也包括围墙，

几段墙和几幢房子还屹立着，但已无人居住，

从今以后也不会有人到那里居住。

只有一个人——他们说的是你——只有一个人变成了疯子，病人，我说不清，而且不愿意走。

从这一时刻开始，便到了战后阶段。

在这里，小山丘上，一个新的城市，

生活就在那里，我要去的地方就在那里。

有人给我指路，给我在玻璃上画草图，在玻璃窗上的水蒸气上画。

男甲：我不再动了。

有人说我不再想动，说我生病了。

我关在自己的房子里，白天如此，所有的晚上也都如此。

我就这样活着，等死。我不再坚持继续下去，

就此打住。

我不再听你说

（对男乙）

在你透过门对我说话时我不再听你。

对这个故事我什么都不懂，你说的事情，过去的事情。

我记不起来，抑或我不想，没有意愿。

男乙：有个人，我们当中的一个，

这个人说道，问道，

这些年头都哪儿去啦。

我没有看到它们消失呀。

“你变乖了……”

她会这么说，她，女人，当我再次遇见她的时候。

男甲：我不坚持要继续下去。我打住。

我在书中说的话，并不在其他地方说。

结束啦。

女人：“你变乖啦……”

不过，同样的是，她加这一句话为的是安慰他，因为她害怕一旦他们最终见面时会让他害怕，但也是：

“你没有变。”

他呢，男乙，你，那个如今是建筑师的人，他，你，你在笑。

他回答说，如果这是真的话，如果我不说这些讨好他的话，他回答说这样很好。

男乙：她和我，

女人和男乙，

我们重新住在一起。

在新的城里，

大家几乎不再谈战争，这是老故事了。

我们永远不再谈论我们的生活，

谈论我们分手之前我们的生活，

当我们三个人生活在一起的时候，

在老城里，靠近河。

我们从来不说另一个男人，

——你——

那个写作或者死去的人，都一样，令我们怀念。

我们等待着这一切重新变得可能的时候，

谈论他，使我们少点害怕。

女人：后来的岁月就这样过去，他们生活在两个城市，

我们两个在一起，建筑师和歌唱家，

和那个写东西的人，各自为政。

“他们几岁了？”

我唱歌。

女人，整个剩下的人生，她永远不再说这些，住在这间建筑师为她建造

的房子里，

为的是囚住她。

当有的时候别人跟她说的时候，

或者当她说这些的时候，当她搞明白的时候，我刚刚弄明白，当别人对她说这一切的时候，即说所扮演的角色和人物的时候，

她不回答，勉强微笑，

就像她从前做这个事的时候，

并没让别人真正知道。

男乙：在这方面和其他方面一样，在这个时候就像有许多时候一样，

你没有说，

什么也没有写，

她不知道。

女人：我不知道。

尾　声

男乙：尾声？没有尾声？你叫我吃惊。

男甲：这事现在跟您有关，您的事。

女人：尾声。

然后，事情发展得越来越快，一切都碰撞在一起，

我们过的生活与当初设想的相距甚远，跟本该写下来的相距甚远。

书还没有写完，

甚至，也许他连一行字都没有写，他满足于跟我们叙述故事——

他就此死去，

同时被淹没、被卷走。

或者，他听之任之，

毫不关心，

他说的是其他事。

他说，就像是最后一招，最后的供认，他说他并没有预料到说这些，写这些。

《爱的故事》，最初是另外一个故事。

男乙：结束？

请回答。

遗忘前的**最后**悔恨

Derniers remords avant l’oubli

蔡燕 译

此剧本由巴黎开放剧院（Théâtre Ouvert）以打字文稿（50号）的形式，首次发表于1988年。

1998年12月，此剧由索菲·迪普雷-泰博（Sophie Duprez-Thébault）导演，创作排演于法国博韦（Beauvais）。

人　物

皮埃尔：42 岁

保罗：安娜的丈夫，38 岁

安娜：保罗的妻子，34 岁

埃莱娜：安托万的妻子，42 岁

安托万：埃莱娜的丈夫，43 岁

丽思：埃莱娜和安托万的女儿，17 岁

故事发生在当代法国，一个周日，在乡下的一栋房子里。这栋房子如今住着皮埃尔，而在过去，是由他、埃莱娜和保罗共同居住。

皮埃尔：我真高兴。你好吗？你们好吗？你们好不好？[①]

保罗：我本来以为我们会比你们早到的。

埃莱娜：这是安托万，这位，安托万。他是我的丈夫。

安托万：我想说……路况很不错，我们一路上开过来很顺利，她对路线一清二楚，什么都没变，她觉得什么都没改变……

保罗：这是安娜。这是皮埃尔。

丽思：我叫丽思。

安娜：您好。我们认识的，这真傻。您应该记得的，我完完全全记得您，别傻了，你不用给我们介绍，您应该记得的啊。

皮埃尔：我不记得了。

丽思：我是他们的女儿，二女儿，他们的女儿，他们两个。

安托万：安托万。幸会。

保罗：啊，是的，真抱歉，请你们原谅。

安娜：我来过，不过是好几年之前了……

---

① 译者注：本剧对白中使用很多人称代词，其中的“您”“你们”（“您”和“你们”在法语中为一个词）“大家”“我们”“他们”等在有些情况下指涉对象不甚明确，需结合上下语境理解。同时，说话者的指涉对象并不一定为之前发问或者之后回答的一方，甚至在一段话中出现多个指涉对象，这种语言的模糊性为本剧特色之一。

皮埃尔：我不记得了，我再说一遍，人不可能什么都记得。

保罗：保罗。幸会。

安托万：安托万，埃莱娜的丈夫。小女孩的父亲。

皮埃尔：啊，幸会，你是这么说的吧？幸会，我是皮埃尔。哪个小女孩？

丽思：是我。

保罗：随他去吧，如果他说他不记得了，那他就是不记得了。

埃莱娜：反正他开得太快了。

安娜：这样挺不礼貌的[①]。

保罗：他不是那种人。

安托万：我没有开太快，我就是开车啊。

丽思：我不是小女孩了。

（……）

保罗：你先说吧。这是我们之前讲好的，这样比较好。我们更想要听你谈谈：这是我们早就说好的。我们讲好的，对吧？

---

① 译者注：这里安娜评论的对象是皮埃尔，而并非上一句埃莱娜台词中提到的安托万。作者保留了日常对话中不同话题重叠的情况。

埃莱娜：是的，我也觉得这样更好。

皮埃尔：我吗？为什么是我？我不明白。

这是什么情况？我不清楚啊。不对，这样没道理。我没怎么听懂，不太明白，不太理解。没有人提前跟我说，这并没有提前说好，我也什么都没准备过；还有，你们必须听好了，还有，是的，我没什么要说的，不是现在、马上，不是马上。不能这样开始。

是你们，你和她（如果我搞错了，你们可以打断我），是你们两个希望，你们早就想好了，很明确地，等不了了，就这个周日，所有人，你们全家，立刻马上，是你们希望大家见面的，大家谈一谈，大家再见个面来解决一下我们的事情，钱，让这一切有个进展，这栋房子，这个地方，每个人的那一部分。我没搞错。我搞错了吗？

不该是我。为什么是我呢？我没提出任何要求（一丁点儿都没有），我完全没有提出任何要求。我本来以为你们将会跟我解释的。我不打算开这个头，你刚才是这么说的吗？开个头，讨论一下，谈一谈，你们想要什么呢？这就是你们想要的吗？你们开玩笑呢，我什么都不要，我从来就不想要什么，一切都可以维持原样。这，对于我，对我都一样。最好你们跟我说说清楚你们的想法。你们已经对问题有一个想法了吧？按照我的理解，你是想要卖掉房子吧？她想要卖房子，你的理解和我一样吧？她想要我们三个人平分。就是这样的，我说到点子上了吧？我们把它卖了然后就再也别提这件事了。那我们就买了吧。价格高吗？

埃莱娜：不是这样的，别这么说。我们可以考虑考虑。什么都还没做呢，什么都还没定下来，这不过是一个提议……

皮埃尔：是的。不管怎么说，而且不管怎么说（我不想让你们厌烦，一切都已经算清楚了），不管怎么说，不应该是我来解释这些事情，我实在做不到，那太遥远了，无穷无尽的远……

（*他笑了*）

我不想要讨人厌，我很高兴能够再见到你们。是真的。这个我说过了吗？

那太久远了，太久了，我没有关于数字的记忆了，有关数字的肮脏的记忆，这将会是有关数字的问题，我猜想，我不太清楚。很坦率地说，这对我来说无所谓。我会做的，我说过了，当你给我打电话的时候，我就立马说了（如果这不是事实，如果这是谎话，你可以反驳我），当他给我打电话说这些的时候，说你们想要卖房子的事情，你可以问他，我没有任何犹豫：人们要我做什么我就做什么，要让我签什么东西我就会签的（有一些文件要签字，给像这样的一个日子留下点痕迹），之后，我们就再也不提起这件事了。这一切我都同意。

埃莱娜：这很傻。你会制造问题的。我早就知道他肯定会制造问题出来的，他会搞出些事情。我之前就说过。我早就说过了。我对你说过的。不是吗？别说我没跟你讲过。我早就预料到了，这是可以预料得到的，这是那么容易预料得到的事情，搞些问题出来，谈上几个小时——这个那个，有的没的——我发现他还是这副老样子，你没有变，还是内向又难搞。

保罗：等等，埃莱娜，等等，你们别这样子，让我来解释吧。我们大家只不过是谈谈。你们别这样。

皮埃尔：这是什么情况？她刚刚用的那个词，你刚刚说的，那个词，啊？我都没开口，你们才刚刚到，我还没有开口，你们还没听到我说什么，只不过刚刚才开始，然后立马，她就这么说了，说我内向，完完全全就是这样，我太明白、太清楚你的意思了。

你为什么要这么说呢？我也很希望这一切顺利进行，别出什么岔子，我很希望这样，如果你们没有觉得什么不妥的话，这样对大家都更好，我们来解决这个钱的问题。既然你们一心要这么做，既然这是那么重要，那就每个人都待在自己的位置上。你不要这副样子啊！

我从来就不内向，为什么要这么说呢？这样说我，还故意撇着嘴。

“内向”，为什么她这么说，立马，突然，她使用这些词，她从来就不知道为什么，“内向”这个词完全不符合情况。你为什么这么说？你是这样说的对吧？不应该是由我来开始，我说完了。

我没什么要说的了。这就是我想让你们明白的事情。

我不清楚情况，钱，我不太记得了，我们没算过，“谁花了多少”，每个人的那部分。这不是我的强项。“用我们的方式”，根据我所记得的。至于我的那部分，“至于我”，我，我没有变过。

别说什么我搞事情，我也许是，恰恰相反，我也许是，我肯定是所有男人里面，所有人里面，我肯定是所有人里面最不会故意找茬（chà?①），找茬的了。大家都清楚的。保罗清楚，你也清楚。保罗，我不会搞事情。一直都是这样的。我们三个里面，说到“我们仨”，在我们三个里面，如果你们愿意承认和回忆的话，在我们三个里面，我是最不难搞的，我是最随和的，你们也许从来没有意识到——只是从来没有意识到——但是我过去是而且现在也是最随和的一个人，属于那些人们认为好说话的人，人们所认为的懂得察言观色、做事面面俱到的人。完完全全就是这样，我完全就是这样的，“懂得察言观色、做事面面俱到”。这是大家都知道的事情，这是我的性格，是明摆着的事情，“内向”，完完全全正相反！

保罗：让我来解释吧。我之前想要，我们之前想要，我们本来想要……事情本来是这样设想的，我们本来希望……是这样，埃莱娜和我……

别这样对她说。别这么跟我们谈，用这种方式。她这么说是无意的。

埃莱娜：我并不是无意这么说的。抱歉我要反驳你。你说什么呢？为什么你

① 译者注：原文中为对法语动词时态运用的不确定，由于中文中无对应，在表演中可以处理为对“茬”这个字发音的不确定，读错一遍后，再进行纠正。

说我是无意这么说的呢？我是考虑得很清楚了才这么说的，我知道我在说什么。他没有变。这是一目了然的。

保罗： 等等，埃莱娜，求你了。让我来跟他解释吧。我们本来希望的是，埃莱娜和我，我们不想搞得很漫长、很复杂，这件事的出发点是好的，上帝啊，不要觉得到处都是陷阱！

我们本来希望的是，你可以先表达你的想法、你的观点，告诉我们你想要什么。这件事跟你是最切身相关的，我们对此很清楚。你住在这里，这是你的家，而且我们无论如何也不想打乱你的生活，把一件已经完成的事情推到你的面前，也不想和你弄僵，"所有这一切"，你应当放心。

事情并不难，她希望能够卖掉房子，有钱可以拿、可以分，那是过去留下的；但是说到底，我们不想把你赶出门，你完全清楚的（不，不是"完全"，是彻头彻尾），你对此是彻头彻尾的清楚，否则你就发出你的声音，一口拒绝，立刻拒绝一切，亮出你的原则，说我们是想把你赶到大街上、贪得无厌的混蛋。

皮埃尔： 这真是让人感动得热泪盈眶。我早就知道。

埃莱娜： 我早就跟你说过的。我早就知道。

保罗（对埃莱娜）**：** 反正你总是比别人懂得多！

（……）

安托万： 所以您，您是安娜，不，我搞错了，我前面没听清楚，是保罗的老婆、太太对吧？我搞错了，我之前是不是搞错了？安娜，对不对？安娜还是卡特琳娜，是卡特琳娜吗？

安娜：安娜。这里有谁叫卡特琳娜吗？其他什么人？

安托万：安娜，好的，很好，是的，好极了。我是这样说的，“好极了”，挺傻的，不过这么说又会怎么样？这对您来说不会怎么样吧？

有人告诉过我您的名字，我知道的，埃莱娜（她是我的老婆，我的太太）对我说过。

卡特琳娜，我前面是这么说的，我不记得了，这个不重要，一时之间我有这样的想法；当我刚看到您的时候，那一刻您有一点退缩，有一点点退缩。

我猜想您不是那种在陌生人面前还是能很放得开的人。实际上，我感觉您挺像一个女孩，一个女人，一个年轻女人，抱歉，对不起，一个我认识的人，但我记不起来了。

我们从来没有互相介绍过，我的记性不太好。我有过很多次乌龙事件。这方面的小故事我有一箩筐：不记得一个熟人的名字，把一个人的名字和另一个和他关系不太好的人的名字搞错，等等……都可以写一本书了。

好吧。

这就是，对，我想说的事情。安娜，这个名字，是的，我很喜欢，不是很多见，而且，您一定会觉得我很傻，这几乎可以说是个贵族用的名字，对吧？

安娜：我想，我刚才听到的是，您是她的丈夫，安托万，埃莱娜的丈夫，埃莱娜的，她，在那里。她的名字，我很耳熟，这些年来，还有另一个名字比这个更常出现在我耳边吗？老实说，我觉得没有。

卡特琳娜，这我倒没有想到过。这让我觉得困惑，让我觉得震惊，我没有想到过……不过这没关系。

安托万：我说过了，这不重要。您让我感觉很好相处。我没有再见过她，这辈子再没有，另一个女孩，卡特琳娜——她和你几乎没有一点儿像的，这很有趣，不是吗？——那是很久以前了，毫不夸张地说，也有很多年了，那时候我还没有结婚（当然了！），在这一切之前……

安托万，我是叫这个名字，您没有搞错，首先。

你们是第二次来这里，根据我的理解是这样。漂亮的房子，美丽的花园，树木也长得很好，十五年前这些一文不值，而现在都是宝了；他们之前没料到会这样，他们不是那种人，听埃莱娜说回归自然还有别的玩笑话就知道她和以前很不一样，而如今，倒回去看，这似乎倒挺像一笔房产投资了，是吧？

安娜：实际上，我们可以这样看事情。您做什么，您的职业，保罗对我说过的，他知道，“销售的”，我不记得了，有一个什么词，我好笨啊……

安托万：销售专员，还可以说销售代表，人们更喜欢这么说，但是确切地说，在工资单上面是，“销售专员”。那完全是另一个世界，汽车，大城市，废气，还有别的，新的车或者二手的但是有质保的、检修过并且有质保的。

安娜：是的。这很有意思，这很有意思，这应该很有意思，真的，应该很有意思。我想这应该很有意思，我是说这个，您所做的这一行，真的非常非常有意思。当然了，必须得喜欢车。

安托万：哦不，不喜欢也行。

（……）

埃莱娜：如果你不想听可以不必听我说。

你一直都是个内向的人。（*她笑了*）这是你骨子里的，你不要否认事实，你固执地抗拒事物的真相。我这么说并没有恶意，我并不想讨人厌；为什么要这样呢？我没有任何理由这个样子——我很高兴能够再见到你，保罗也是。我也很高兴再见到他，和你们两位重聚。

你一直都是这样，你确信，我不知道，从不明白，总是这样，你总是这样确信人们想对你不利，想要伤害你，确信人们想要损害你。

内向这并不是一个缺点，这是个缺点吗？保罗？这不是一个缺点，我认识一些很内向但是很值得交往的人，他们很有魅力……哦，然后，这又怎么样呢？……

内向，这是性格的一个特征。我不想烦你，不过我到处都听人这么说——保罗？你不同意我吗？——在广播里，电视上，电影里，俄语小说里，内向是性格的一个特征。

哦，然后这又怎么样呢？你让我尴尬，他没有向你提出什么严重的问题，只不过是要知道你怎么想的，你的希望——这事情跟你有关，这纯粹是毕恭毕敬的，至于我们那就……

保罗： 等等，随他去吧。你不要掺和进来。我们本来提前说好的，我们本来说过的，我们全都提前说好了的，不是吗？我之前是这样想的，我们之间早就商量好的，钱，这一切，讨论一下关于钱的事情。我们本来提前说好了的，这事非常简单——你之前同意了的，你不应该又把这些拿出来质疑——我跟他聊了，我第一个跟他谈的，第一个。我应当向他解释一些事情，这方面我比别人都在行，比哪一个都有办法。在我们两个之间，是我，总是我有办法更好地向他解释一些问题。

他相信我，我一直都很清楚，非常非常清楚怎么跟他解释，他过去一直都很相信我。

所以，回到我们前面的话题，今天，我们要处理的事情……

皮埃尔： 你在说什么？你说了什么？你把我说的好像有病一样！我不明白，你打算一直这么说我吗？你想要我出去，也许你更想要我出去吧？也许你们更想要我出去是吗？你把我说的好像有病一样，我是这种感觉，好像我有病，得病了，生了很严重的病——心理上的病，很严重，得了很多年，已经晚期了，也许。我看你们当中谁会再讲一遍，轻描淡写地又重复一遍“我一直都是这样”“我从来都没有变过”……

埃莱娜：你换种口气跟我说话！我只不过是跟他解释我为什么要用，我用了[①]这个词：内向。就是这样，这好像让他很激动。你不要打断我，你给我换一种口气说话，不用你帮我决定我要说什么，示意我什么该说什么不该说：你给我腾出脑子里面一个阴暗的小角落，记下这个事情：我们之间已经没有任何瓜葛了，你和我，我们已经什么都不是了，我们不是夫妻了，你听到我说的了吗？

我们来这里是为了解决我们之间的问题，钱，所有这一切，你别忘了，你不要又开始……

你也一样，你没有变，没比他好到哪里去，你没有长进。这是我前面一直在找的词，就是这个，很贴切，你没有长进。

保罗：我向你道歉。我前面的话里并没有恶意，这件事情开始得很糟糕，你看到他的反应了，他并没有攻击性，别这么认为，我真心地说，你没有听。

埃莱娜：好吧，我什么都没说。我也什么都不说了。我觉得很烦，真是荒唐，我很烦躁，你了解我的，大老远地过来，面对所有这些事情。我们不应该让他活得很难，故意这么做。他是一个脆弱的男人。

（……）

安托万：你都不说话。你觉得无聊吗？

---

① 此处为埃莱娜修正自己的法语时态用法失误，因中文无对应，故稍做修改。

丽思： 没有，我跟你说过的，你记得吧。我来这里，和你们一起，和你还有她，因为你们希望这样，是你要我这么做的，但是我不会改变想法的，这个和我没关系。

这是他们的事情。

我待在这里，不用担心我，我等着你们。我随便看看，在这里他应该有一个花园。我不会乱跑也不会走远，直到你们结束，直到他们结束。

安托万： 这是我的女儿。

安娜： 是的，我知道。有人也跟我提到过。这应该是我的人生中最重要的事情之一吧。这个小女孩的出生，她第一次走路，开始长牙，甜甜的牙牙学语，我全都有听说。我都没有想到她已经长那么大了，我还是不要去想比较好。

我非常开心。

我想，她应该有一个姐姐吧，我没搞错的话？但是我们从来没有提到过她，我想她不清楚今天的事情，还是忘了这个比较合适。

安托万： 您了解得很清楚。

（……）

保罗： 你好吗？好不好？你好啊。我是……怎么说呢？一个朋友……一个朋友……

好吧。我的名字是保罗。你可以直接叫我的名字，保罗。不必觉得失礼……

你是丽思。我没搞错。说对了。我们认识的，你不记得了，但我们以前见过的，那时候你像这么高，还是个“小不点”，现在已经亭亭玉立了。

丽思：你前面问我好不好吗？

保罗：是的，千真万确。我有问过，好吗？我想要说的是：您[1]，你好吗？

丽思：很好，谢谢你，谢谢您。

（……）

安娜：您觉得我特别好相处，您前面提到这个的时候，是在滔滔不绝的题外话中间漫不经心地一语带过，但我记下来了。这让我觉得很开心。您是不是没说过这个？我是不是搞错了？差不多是刚见面的时候，我觉得您这么说让我觉得很亲切，是的，这个词，亲切。

您还是觉得我很好相处吗，这里，现在？我们来进行一下小结吧。您愿意吗，时不时评估一下我们的情况，您现在对我有多少好感，以及您还将对我有多少好感？

安托万：我会跟您说的。

（……）

埃莱娜：你好吗？过得好不好？我觉得不错，你看上去身体挺好的，你的脸色也还不错……是的。说真的你从来就不是一个很……怎么说呢？“红光满面”“珠圆玉润”的那种人。

我很高兴再见到你，我希望你能感觉得到。我很高兴，真心的，可能我有一点客套但是我还是坚持要跟你这么说，不管怎么样，我真的很高兴又见到你。

---

① 译者注：此处以及后文中丽思、安娜等人的对白中“您”和“你”的变化主要突出互相之间的熟悉程度，刻意用“您”强调出与对方的距离感。

皮埃尔：这话直说到我心里了。

他跟我说你本来不想要来的。这是真的吗？你考虑了很久并且很长时间都没有给出回复。你本来想要，根据他的说法，你想要我们自己解决我们的事情，我们肮脏的小事情，钱，这栋房子，这一切，通过写信、传口信、邮件或者中间人……律师之类？你现在应该是一个常跟律师打交道的干练的女性……人们是怎么说的来着？英国侦探小说里面写的那种……有律师和顾问的人。你有顾问吧？你的丈夫？

我开玩笑的。如果我们不再能开玩笑的话……

你见他吗？经常见保罗吗？

埃莱娜：是的，有时候。不，很少。

他不应该跟你这么说的，说我“考虑再三终于”来了！他有必要总是把什么都告诉你吗？

我的丈夫也来了，在那里。安托万，我不知道你们打过照面了没有，还有我的女儿，我的小女儿，丽思。

皮埃尔：是的，我知道，漂亮的小姑娘。他是卖车的吗？

埃莱娜：她有点害羞怕生。她这年纪就这样吧。至于他，你不认识他，咱俩认识是在你和我，某种程度上来说，是在我们分开很久之后才认识的……我们还是不扯这些了吧。

皮埃尔：我什么都没说。

埃莱娜：你让我觉得烦。

你是单身吗？保罗跟我说的。你一直都是单身吗？你没有再和某个人……我不清楚，我……

皮埃尔：我也不清楚。

埃莱娜：好吧。我前面说到，我说到那里，我的丈夫，当我和安托万结婚的时候——这是一个好听的名字，不是吗？我没有通知你，但是我一点都不怀疑他，另一个，一定会马上写信跟你说的，或者打电话、发电报、气压传送信之类的方法……

他一直什么都向你报告，每一步都不落下。

皮埃尔：别把他叫作另一个。

（……）

安托万：你们互相都认识了吧。看到这个我非常高兴。她话不是那么多，不怎么爱跟人打交道。要她能跟陌生人聊天，我不是说坏话，但是不得不承认的是，对她来说您是一个陌生人。她要能够跟一个陌生人说话，得需要，说真的，得要这个人讨她喜欢才行。

您是不知道她给您多大的面子了。

丽思：闭嘴。

保罗：她什么都没跟我说。

安托万：我又全搞错了。

（……）

安娜：安娜，这是我的名字。他前面说过的，他，在那里，我的丈夫。

我们以前见过的，我很肯定，我对数字的记性不好，七八年前吧，不是吗？在这里，已经见过的，在同一个地方。这是个好地方，一栋漂亮的房子，您多么幸运住在……好吧。

我都认出来了，我记得很清楚。您没有搞过任何装修吧？

我想要跟您聊一会儿，就一会儿。

有一件事情，这也许会让您觉得无聊，不过有一件事情我想跟您解释一下。

您不说话吗？

这里面不应该有误会的。如果这里面有任何误会的话，我会非常难过的。在我们之间，是的。这是我们第一次重新交谈，对此我感到非常高兴。

好吧。

是的，我刚刚的意思是：从一开始，我希望对此保持距离——我的理解是，你们之间进行得不怎么灵光……我没搞错吧？——而我本来并不想掺和进来的。这不关我的事。

我本来不想来的。别往坏的方面想。是他，保罗，他希望我在这里，这并不是一个命令，不是，他不是那种人——这您比我更了解——他明确地表达他希望我参加这个小规模的家庭聚会。他觉得我得按照这个礼节来。

表达得更清楚些就是，他不希望他身边少了我，无论情况怎么样，也不管被人这样或者那样解读。您了解了吗？您明白我想表达的意思了吗？

然而，这样不可能是因为——就算我不来的话——这也不可能是因为我傲慢，这不应该被认为是傲慢。不是吗？

您都不回答我吗？

我本来更希望什么都不要再见的好。我的回忆够多了的。而待在这里，就像一个穷亲戚……

我希望您知道的是：我担心我的存在会带来尴尬，你们从来就没有很喜欢我，埃莱娜和您；而他，有你们在一旁的时候，他对我就冷淡一些。我更希望自己没有察觉到这个。

我感觉自己有一些事先被排除在外、不合时宜，于是我让自己陶醉于花园和乡下的空气。我没有和您说过吗？其实我不是很喜欢乡下，我们也并不想占领您的地盘；不过，过来休息、烧烤、修剪草坪，我们倒也不觉得累……

好吧。

您觉得我说得不太明白吧，我让您无聊了。很抱歉。这很复杂、很难解释清楚……

皮埃尔：我有很认真地听您讲。

安娜：好的，感谢您。我很感激。对此我毫不怀疑，您是世界上最善于倾听的人了。我在抱怨什么呢？我还要奢求什么呢？

对您来说也差不多吧，我觉得。

（……）

埃莱娜：我撒谎了。

我撒谎了，也许我过去一直在撒谎，我不知道，有可能。这也许听上去让人不太舒服，但是当我又见到你们，在这里，今天，或许我才明白了这一点，至少在这一点上：我撒谎了，一直都是，很多次。我忘记自己撒了谎或者我从来都没有承认过。而现在我微笑着承认了，这个你们看到了，我一边承认一边微笑着，有点像个婊子。这是你们对我的印象。我的微笑里面带着一点哀伤，总是有一点忧郁。你们以前是那么爱我这个样子，哦，你们爱得不得了！你们总是不停地这么说。

我脸上这种从来都无欲无求的神情。

我是在撒谎。

而这会给今天带来什么呢？

这会带来一丁点儿的坏处，这是唯一的理由。你们不相信吗？

我是从什么时候开始撒谎的，我不记得了，并没有一个特殊的日子，那不是一个仔细的、深思熟虑之后的决定，反正我开始“像这样”撒谎了，不经意间有了一次，在一个小细节上面，为了维持表面的和平，不必解释，对一件小事情做一个了结，好从中脱身。

维持表面的和平，完全就是这样，安静和平：和你们在一起的生活也少了一些担惊受怕；只需要从那时候起编织一个又一个谎话，只需用一点小聪明不要搞混了，不要傻乎乎地穿了帮，就这样生活着，不会有任何问题。

调整自己。

你们是那么的难搞，凡事都要问个明白。保持沉默是不可能的，还会有别的问题出现：为什么你不说话呢？这是不可能的，接受不了的，而要和你们斗争，说些什么，强硬地，我不认为我会有那个力量。

你们不停地询问我，问我身体怎么样，精神怎么样，问我是不是爱你们，一个比一个问题多，没完没了。

我逃跑。逃。或许这是一个解决办法，把你们丢下。我不知道。你们可能理解不了，你们可能非常难过，你们一起。

我的时间，我的人生——这是一个很大的词——于是我用另一种方式安排它，我开始了另一种生存方式——你们不知道，你们从来不听——，悄悄地在你们身边进行着。

我在外面有人，如果这是你们想要听到的。人们一般是这么说的。时不时有别的男人，有一些还怀着无尽的柔情。但这并不是关键，重要的是我心里想着“不”的时候嘴上却要跟你们说“对”。

所以我很乖，而你们也就放心了。我开始微笑，忧郁少了一点，我刚才说过的。

还有一句话。

我必须让你们知道而且必须补充的是：很显然，那时候我不再爱你们了。

还有：当初我为了跟他走而离开你的时候，当我为了一个人而丢下另一个的时候，我没有作出选择，我并没有爱其中一个胜过另一个。

皮埃尔：你至少摆脱了一个人。

保罗：她说的不是这个意思。

埃莱娜：我想要说的就是这个意思。

（……）

丽思：他们几乎什么事都做了；他们是很有代表性的，外省中产阶级商人家庭出生，普瓦捷、第戎、鲁昂，复杂的三角关系，幼年的学习，后青春期的各种诉求，进城去首都巴黎，进行艺术尝试，德语文学和第四世界的电影，成年之后的各种诉求，逃离首都，下乡，纯净的空气，"真正的生活"，艺术上的转变，淡紫色和桃红色，幸福，天堂，这栋房子，然后还有分裂，各自为己，第一个漂亮小女孩的出生，略过，第二个漂亮小女孩的出生，彻底抛弃青春岁月的美好时光，分期付款的书架、茶几，鲜虾牛油果沙拉，安东尼奥尼电影里犯罪地点的闪回。

我 17 岁。一点都不夸张讽刺。我命中注定要——命运这个词，命定——我命中注定要做传播这一行，这是必然的。接受双语教育，在美国待一年或者两年（我应该用英语说美国，但是我没有这么说），双语的、现代的，阿图尔·施尼茨勒[①]的口袋书，短发和黑白照片。

我开玩笑的。

（……）

安娜：我不应该来的。

保罗：为什么，不愉快吗？这里挺有气氛的……

---

① 译者注：阿图尔·施尼茨勒（Arthur Schnitzler，1862—1931），奥地利剧作家、小说家，维也纳现代派的核心人物。

安娜： 别总是开玩笑。

保罗： 我没有开玩笑。这并没有那么糟。这比我们能够指望的要好。“指望”这个词不准确。他们人很好而且……

你看过花园了吗？

安娜： 我什么都没说。我就待在这里，没走远。

有一个花园吗？我可以量一下占地面积，如果这样可以有助于事情的解决。

（……）

皮埃尔： 我们互相不认识。我想有人应该向你提到过我。

丽思： 没有。

皮埃尔： 啊？真的吗？有的。你也许不记得了，但是肯定有的，否则我会很惊讶的……

丽思： 没有。

皮埃尔： 好吧。啊，怎么说来着？我是……我和你的母亲，还有另一位先生，那一位，当我们年轻的时候……

当你的母亲年轻的时候……

这种老套的开场白真是可怕，“当你的母亲年轻的时候……”

她从来没有跟你说起过我，很坦率地说，说实话？……

丽思： 有的。我向您保证。

皮埃尔：你看。你前面开玩笑呢。我才不信。她跟你提起过我的，我确定，否则我会很惊讶的……

我是那个写过几本书的人，一两本，诗歌，她应该有的，在你们家里，某个地方，她也许给你看过……

我更希望是这样。

丽思：她跟我这么说过，实际上。

皮埃尔：是的，不好意思，我没懂……

你可以再说一遍吗？等等。

她是怎么说我的？

你回来。

（……）

安托万：……其次呢，也许最有吸引力的，是跟人打交道，跟各种各样的人打交道，特殊的人脉关系，那是必须要有的！……

这是我们这一行中最基本的规则之一，永远不能忽视这一点：跟人打交道，和顾客，客户群……

保罗：掌握心理。

安托万：是的，正是：掌握心理。

这或许是最重要的特质，可以称之为一项特质，一种天分。

男人，我们就说一个男人，女人不一样，这一点我们无法否认，她们是不一样的……

对此我不想唱反调。

保罗：她们的确是不一样的。

安托万：比如说一个男人，举一个男人的例子：心理，掌握别人心理的这种天分，能够把握人心理的敏锐感觉——就是这个，完完全全就是这样——，对人心理的把握，这里头没有秘密，没有什么秘诀，对一个男人来说有就是有，没有就是没有。

而如果他没有，那他就不用想什么秘诀或者搞什么神神秘秘的了，就像我前面说的，“销售专员”——我的职业——，“销售专员”或者简短一点来说，“销售”，如果不懂心理的话，那这个行当就不属于他。我不是夸张，但是他就别做梦了，他干不了这行。

我们都是这样开始的，各行各业都一样，“销售”，然后，接下去，几年之后，有了资历和能力，为什么要把这个忘了呢，“销售专员”，晋升加薪，不要慢慢觉得有什么好羞耻的，想起这些并没有什么好羞耻的。

恰恰相反，错的是不愿意认识到这一点。好像这一点儿都没用，很高傲的样子，诸如此类，只相信产品、广告……

有一些人，我认识一些人，我曾经认识一个男人——前面说过了，女人是不一样的，起作用的是别的一些方面……我认识一些女人，这么说并不是歧视女性，我是这个世界上最不歧视女性的男人了。我认识一些女人，她们完全不懂心理，这很让人惊讶，不是吗？可是，我们都听说过，我们经常听说，女人比男人更懂人的心理，直觉，这个词—我认识一个男人，他各方面条件都很好，非常聪明也很帅的一个男人，是的，大帅哥，高大威猛，人们称这样的男人为“帅哥”……

这个没法否认——我说句题外话——我们无法否认“帅的销售”和“丑的销售”之间的差别。有时候，我听说在财务表现上，他们之间可以有巨大的差距，您[①]都想象不到。您不相信我，但这就是事实。在一个长的时间段

---

① 译者注：这里原文为 vous，可以翻译为“您”或者“你们”。安托万这段话中出现的所有“您”，也都可做“你们”处理。译者根据回应的只有保罗一人，因此翻译为“您”，如在实际演出中，安托万说话的对象不只保罗一人，也可改为“你们”。

里，人们可以体会到这个：在同一个地区，针对同一个产品和同样的顾客样本，男性和女性顾客的人数也一样，同样的社会职业阶层，同样的年龄层，所有这些都一样——对于男人来说，外貌的美丑，您不相信我，您笑了，这同样起着作用，这是最微妙的。这就是一切，在最深处——，人们做过实验的。

实验是在，我不是瞎扯，实验是在，当然是在美国做了这样的实验：在好几个月的时间里进行了这个实验，而结果是没法反驳的，即便产品本身并不坏，销售员的外貌差不多和产品一样重要。

我读过一系列很有趣的文章，关于汽车，很普通的汽车，我说的不是豪华汽车、香水、化妆品那些……那些，很丑的男人，是根本不可能的，这可以预料得到，而女人呢，好吧，我不坚持，可您想象一下一个“丑得要命的人”做化妆品销售，那可真是笑话了，那不就是虚假广告吗？这个您不觉得好笑吗？到了月底一看订单，那可真是惨不忍睹……

是的，我以前认识一个男人，我要说的正是这个男人，他拥有所有我说过的优点，外表的，品行上的。这些一般都是互相有联系的，不是吗？但是，他就是完全没有，完全的缺失，一点点都没有，完全没有对心理方面的感觉，一丁点儿都没有，他总是体会不出来。

得跟人们交谈，猜他们的心思，吸引他们并且面带微笑，当然了，微笑，但是，一切的一切，首先，最重要的是得找到他们的缺陷，感受它，并且随时更新最近的情况。“购买，就是填补缺陷……”我有一个老师。随便您信不信，我跟过很多老师。我们上进修班的；那时候我已经工作了，做“销售”，金字塔的最底层，我不想一直待在那个位置：我想离开那种状况，有进步。埃莱娜，两个女儿，我想要多给予她们一点，这您能够理解的……

我上课，现在还在上。我学习，说来让您觉得好笑，我下决心不要安于现状，有一些人觉得满足了，这是他们的事情。

我的老师，他说——他们是一些选择分享自己经验的家伙。这个就是从他们那边得到来——我的老师，他说，这句话我一直记在心上，经常想起来：“购买，就是填补缺陷……”原本的话不是这样的，句子的用词要更漂亮一点，是一句引用，这句引用，是销售的座右铭，我们是这样说这句话的，我常常对自己重复这句话，把它刻在脑子里面，直到死为止。我想这挺傻的，有些想法一直到死——您觉得这个很蠢，因为您念过很多书，而我说的是一些很小的事情——有一些想法，整个一生，当您是孩子的时候人们教给您的东西，您的整个一生，无论发生什么，这些东西都会保留下来。在那里，就像刻在青铜器上面一样。

我说的这个男人，这个人从来都不懂哪怕一丁点儿、一丝丝的心理学。他的名字我记不得了，他出生在南方——这又是一个优点，拉丁民族的人有卖东西的天赋，他们话比较多，诸如此类——可这个男人却没有办法猜中、识破别人的内心。

他叫作奈德提，没错，奈德提，一个拉丁名字，就像我前面说过的，不是吗？乔治·奈德提。乔治或者阿尔贝，好吧，我知道我会想起来的。他没法猜到他对面的人心里是怎么想的，于是他不得不放弃这一行了。

（……）

埃莱娜：不管怎么样……

皮埃尔：她要说钱的事情了，你要说钱的事情了。我们在这里正是为了这个。

埃莱娜：别这样。

就是不能指望你们。我们有好些事情要解决，其实并不复杂的，只要没人把事情复杂化，而你们没有任何理由……

保罗：总是用这样一种漂亮的说反话的方式来开始问题。

我感觉得到，她要一脚踩烂过往和回忆，把青春时光里顽强的幽灵烧成灰烬……

皮埃尔：随她去吧，真是有意思。

埃莱娜：你们就这样幼稚愚蠢，像小男孩一样，那么那么的……

算了。

并不是因为我们是，今天……

太完美了，我们今天在玩什么把戏呢？我，我早就不玩了，我早就不玩了，结束了，我来这里不是为了拜访做客的。

保罗：她要谈屋顶的工程了……

皮埃尔：她有什么问题，屋顶？

埃莱娜：屋顶需要装修。

保罗：她想要解释的是，维护这栋漂亮的度假别墅要花多少钱，实际上这已经变成了一栋度假别墅，我不知道之前说这个词是不是会把你们吓倒，可是也没有必要否认……那么保养……

埃莱娜：你是站在谁那边的啊，你？

皮埃尔：他没有站在任何人一边，他跟两边都在一起，出于自然而然的友情、义气……

保罗：维护这栋漂亮的度假别墅要花费好大一笔钱，我同意这由我们三个人平分，但这还是一大笔钱……

皮埃尔：这到底是怎么回事啊？我付房租，这是本来就说好的。你们想要涨房租吗？你们变得很可笑，你们想要涨房租，所有这一切只不过是为了多要几个钱。你们兜兜转转就是为了谈到这个，真是小房东的小算盘……

埃莱娜：听着，我没有这么说过。是他在解释我的话，而你，很显然，你马上就……

保罗：她想要的不是涨你那可笑的一点点房租……

皮埃尔：可笑？在这样一个地方？

保罗：她想要卖房子，就是这样，没有别的要说的了。

皮埃尔：荷兰人！

埃莱娜：德国人。

皮埃尔（他笑了）**：**屋顶这个样子？

保罗（他也笑了）**：**找个大晴天让人来看一下吧。

埃莱娜：你们两个一个样，我前面没有说：你们两个一个样。
你们在想什么？你们把自己当成什么了？
你们把自己当成什么了啊？

她出去了。

皮埃尔：你怎么想？

保罗：我吗？

皮埃尔：是的，你，你怎么想的？

保罗：哦，我，这并不重要。我很想我们能够做个了结。你知道的。真的，做一个了结。我认为，从此以后，大家各管各的吧。

皮埃尔：真的吗？

保罗：是的。我从来没这样说过，但是我很希望我们以后可以不要再来往了。

现在，在这件明确的事情里，对于这里，这栋房子，屋顶，荷兰人、德国人，租掉或者卖掉，对我来说都一样，完全一样，到一个你们可能无法想象的程度。你们想怎么样我就怎么做，就像一直以来的一样，每一次，你们想怎么样我都怎么做了。

我不怎么喜欢太阳，我从来没有跟你说过吗？

（……）

安托万：您是教授[①]，埃莱娜对我说过的。挺好的。这是世界上最美的职业。不是吗？是充满激情的，传授知识，读书什么的。我嘛，我对这些一窍不通，这是一看就知道的。我没读过什么书，这就是生活。我并不感到丢脸。很坦白地说，我有必要为这个感到丢脸吗？我也并不觉得这很光荣。那也是的，并没有什么理由。不是吗？

没有选择。这不是我所选择的。

有时候，我承认，也就是说，我有时候会感到遗憾。这很正常。

算了。

是哪里的教授？

皮埃尔：一个初中。

---

① 译者注：原文中，法语“professeur”可以指“大学教授”，也可以指一般教师，故此处安托万对皮埃尔的职业产生了误会。

安托万： 是的。初中。

挺好的，他们没有很大，并不是很危险。

挺有趣的，不是吗？我本来以为的是……

皮埃尔： 大学？

安托万： 是。不。其实都一样。我本来以为的是……我们有两个女儿，所以我对这个比较了解，这很正常，符合常理。孩子是需要照看的。

当然了，我们可以玩文字游戏，总是可以的，但是埃莱娜说话的方式会引起——至少我们可以说——会引起误解。

我真蠢。只有我会去做像这样不合适的蠢事。我是真的傻。我应该什么都不要说的。

皮埃尔： 这个嘛，像这种类型，更应该说是“教书的”对吗？这是您想说的吗？

安托万： 是的。这也不错。我不会再这样了。我这样的大俗人，几乎都不知道……这种类型的事情，我注意不到。您会怎么想我呢？认为我在意……

我是一个傻瓜。

我应该什么都不要说的。

皮埃尔： 不得不承认的是，只不过，必须得承认的是，这里面是有些轻微的差别。

安托万： 是的。

皮埃尔： 我同意您。

我是代课老师，在圣·埃克絮佩里初中，教初二初三：中世纪，骑士爱情，伏尔泰、狄德罗、卢梭，介绍法国大革命，维克多·雨果青年时期的诗歌，等等。“传授知识，读书什么的。”

（……）

安娜：我们互相不认识。我不是能很快跟人熟起来的那种人。我的名字是安娜，您可以直接叫我的名字，当然了。前面我才刚开始讲话，想做自我介绍。我们不认识对方，我们以前从来没有见过面。当您还小的时候，还是孩子的时候，那么多年过去了，本来对我来说是不可能见到您的。

我想说的是：我的话并没有恶意，但是您现在是成年人了，您能够理解的，这对我来说应该是困难的。就是这样。

不管怎么说，他们那时候的关系就已经不是那么好了，我的丈夫，他，在那里，保罗，还有您的母亲，他们那时候就不怎么见面了，而像今天这样的场合……

很坦白地说，他们关系曾经好过吗？

您应该和我想的一样。

他们有些紧张。这我们看得出来。

我相信，是的，不管怎么样，当您出生的时候，他可能更希望我不要见到您。

也许他不允许吧。

丽思：我有什么可以帮到您的吗？

您需要我在什么具体的方面给您意见吗？

安娜：您说什么？

不，很抱歉，我搞错了。

我请您原谅。

谢谢您。

(……)

皮埃尔：她所说的，这个谎话连篇的故事，所有这一切，我完全没搞懂。你明白什么了吗？她所说的，她真的是这么认为的吗？那不是真的。她这么说是为了破坏。

保罗：她是在开玩笑。

皮埃尔：我很开心。这样我就放心了。你能想到我让我觉得很开心。

(……)

安托万：你好吗？你好不好？事情进行得怎么样？

埃莱娜：进行得很好。

不用担心。他们什么都会同意的。钱，所有的事情。我们会算清楚，把账算清楚然后一切都会圆满解决的。你不信吗？

让事情这样拖下去是很傻的。

在一切问题上他们都会同意我的。

他们会完完全全听我的。

我们以前从来没有谈过这些事情，这种不好意思是用错了地方，很傻。他们一直在等有一个人把事情揽下来，走出第一步。

他们一清二楚，两个都是聪明人，他们完完全全明白我们有需要，钱，所有这些……

安托万：其实我们并没有那么需要。

埃莱娜：你怎么这么说！

我这么说没有恶意，不要往坏处想，过度解读我的想法。不管怎么说，这是份搁着不动的资产，而你到头来搞得我很烦，搁着不动的资产却要……

算了。

你去和他们在一起吧。

别担心，这是我本来就想说的。我们会很快解决好，接下去我们就走，我们就不谈下去了。

我不想再见到他们了。

我们就再也不谈这件事了，我们就回家，回家里去。

（……）

皮埃尔： 我什么都没做，我待在这里。我守着这个地方，这里。这里我们曾经生活过，仅此而已。那时候我很年轻，可那以后，我的生活却要这样继续下去。

过下去。

那时候你们走了，很快一起走了，然后你们各自都开始了新生活——你们是这么说的。

偶尔我得到你们的消息，孩子出生了，一些细节，你们换了地址之类。

他，他对我说起她，打电话告诉我。

埃莱娜再也没跟我说过话。

我满足于这样的孤独。我还不错。

在被你们抛弃之后很多年，一点点地，意料之中地，我停止了对你们的恨，甚至自己都没有意识到。只不过偶尔说一句你们的坏话，好赋予我自己一个美丽的角色，当个“全世界最不幸的男人”。

当然了，我也认识了其他人，而有几个，在某种程度上，我爱过他们，今天可以这么说。和他们在一起的欲望，并不是装出来的。还有其他的，出于一个年轻男人正常的生理需求，我不过就是瞥见了他们，甚至有一些，我对他们一无所知，只是身体，甚至名字都不知道，我没有问过他们。

必须要做的，是活着，对此我的理解是吃饭，支付“可笑的房租”——你们等了两三年之后谈到了这个，写信给我——，而我得赚生活费，钱，所有这一切。混口饭吃，就像人们说的那样。这是个笑话，我有时候是这么说我的青春的，而笑话应该结束了。

我回到正轨，就像其他人一样，从此之后我的人生和大家没什么不同了。

我放弃了无病呻吟地创作青春期的小诗，转而成为——还来得及——成为老师，初中的代课老师，与别人可怕的下一代们进行空洞的交谈。

(……)

埃莱娜：你有什么好笑的？这很有趣吗？我猜你觉得有点可笑吧。

丽思：我没有笑。我在看。我在学习。

埃莱娜：你总是在看。这是你的相处方式。你不和任何人交谈。你回答他们，显得很有教养。

仅此而已。我看得出来你在装样子。

你不应该下判断。

得不出任何结论，他们不是坏男孩。

丽思：我不评价任何人。我不敢。我太年轻了，太小了。

“坏男孩”？这很有趣。我喜欢听到你这么说。挺有趣的。不完全对，也许吧。

埃莱娜：你的理解是什么？……

丽思：以前你自己有钱吗？

埃莱娜：没有。

丽思：善良的男孩，但是很难操纵……

埃莱娜：那样想不太好，我觉得。这是你认为的。这个钱就算了。你父亲和你想的一样。接下来别问我任何事情了。从长远来看这是一个有点幼稚的想法。

丽思：你来不只是为了讨论屋顶和房子的修整的吧？
把这个平分成三份吗？

埃莱娜：再见一下他们，或多或少把事情告个段落。
但这也不是一个很好的主意。

丽思：只有你才知道。

（……）

皮埃尔：他是想卖一辆二手车给你吗？

保罗：别说得那么难听。他是个老实人，这看得出来。

皮埃尔：甚至只看得出这个。
你还记得我们那时候是怎么说老实人的吗？

保罗：她和他在一起挺好的。你知道的。一个像他那样的男人和她在一起，她会很幸福，这应该只会让你尴尬。这个和我们没有关系了。那个结束了。你想怎么说就怎么说，但那个已经结束了。

总之。

我希望我们把这件事情解决掉，快速地，随便哪一种办法都好。你应该挺容易说服的嘛，你到底觉得哪里行不通?

我想要离开这里。我不想继续耗下去了。

你不是一个好人。我想要跟你这么说。我很难过，这让我觉得难过，我本来宁可自己意识不到这一点，从来不要看清这一点的。你不是一个好人。这种表达方式过时了，我觉得，这缺少一种必要程度的玩世不恭。

你不是一个好人。你不是一个好男人。

我本来多希望自己不要知道这个的。

很久之前我就知道了。我不是今天才发现这个的，不要这样以为，钱的事情，房子，过去这么多年我都知道。那时候我们还在一起，三个人，埃莱娜、你和我，我意识到了这个，我不想要承认。我不诚实。我总是有一点不太诚实，对自己也是。

你不是一个大方的男人。这是最糟糕的。

皮埃尔：我说什么了？我又说什么了？你怎么了？

你们不会是，一个接一个地，把我弄到你们导的戏里面吧?

我没对你们做什么啊。这是什么意思：我不是一个好人？那你是一个好人吗，你呢？你认为你是一个好人?

保罗：很抱歉，我有点累了。我的工作，路上的奔波，请你原谅。我不想伤人。

你们两个人达成一致就好，埃莱娜和你。我认为她真的很需要卖房子。你们想怎么样我就怎么做。很抱歉。

皮埃尔：没关系。我已经忘了，好吧？

（……）

安托万：大的姐姐很不一样……

埃莱娜：算了吧。

说真的。我们再也别说了。

安托万：她很不一样。我没有多说什么，我没说别的。

她更加脆弱，这个词很贴切。你觉得怎么样？她更加脆弱。

保罗：你不认识安娜吗？这是她的名字。她，那边，我的妻子。你们从来没有见过吗？也许见过的？

安娜：这很傻。我们刚刚见过了，一开始的时候。我们没有说过话，只不过见了一下。

我们没有机会说。

埃莱娜：的确要有机会。

安托万：但是真的很可惜你们从来没有见过她，因为她是个很漂亮的女孩。她，另一个，从那个角度来说，应该没有人会反对的……

埃莱娜：别把她叫作另一个。

安娜：这很傻，她非常清楚我是谁。

安托万：二女儿。丽思。“另一个”，这么说并没有不好。我是无意识地这么说的。她总是往坏处去想。最小的那个，如果你比较喜欢这么说的话。小女儿，也就是丽思。

安娜：我经常听他说起您。不算少。
我还有什么要补充的呢？对了，我非常高兴。

安托万：最小的，她，在那里，丽思，她也很漂亮。聪明，毫无疑问。功课方面——她不笨，多才多艺——我们非常满意……
我是没有什么不同意见的。

埃莱娜：住嘴！
对不起，算了吧，我不知道我怎么了。
但是你别说了！我跟你说了别说了！
没人对这个感兴趣。他们一点都不在乎。
他，在那边，他在嘲笑你。

皮埃尔：谁？你说什么？我吗？对不起，我没有笑，我笑是想到了别的事。别相信她说的话，我对这个很感兴趣……

保罗：安娜本来不想来的。不应该怪她。她就是这样，但是现在，她真的很高兴能够认识你们。她心里对于事情也更清楚了。

安托万：之前我甚至都没有注意到您在笑。

安娜：你不要墙头草两边倒了。

埃莱娜：对不起。我也非常高兴，当然了。

保罗：我没有两边倒。

安托万：小女儿，的确，以姐姐为榜样。她很快明白了哪些错误是不应该犯的。

埃莱娜：他完美地翻译了您的想法。他是一个天生的翻译家。他总是比您还更清楚您想说的话。

安娜：他没有搞错。我本来是不想来的，但是现在，我真的很高兴能够认识你们。

皮埃尔：你听到了吗？保罗，老实说，我刚才笑了吗？

安托万：大女儿也许情感太丰富了，我们是这么认为的，而且……

保罗：听着，老兄，不要误会，不过我认为埃莱娜并不希望……

安托万：不好意思，你说什么？

埃莱娜：你，不要扯进来，而且别叫他什么“老兄”！

保罗：我以为……得知道你想要的是什么！

埃莱娜：我没向你要过任何东西！

皮埃尔：你看到了吗？她发火了，我们什么都不能说。

保罗：听着，你让我们静静吧！

安娜：我的脑子里事情更加清楚了。

埃莱娜：别这样，一直都是，这么的……我应该怎么说才好？

安娜：“不怎么笑”？……

埃莱娜：或许，是的。

人们实际是什么样的和别人怎么说他们，那是两回事。

安娜：我说什么让人不舒服的话了吗？

埃莱娜：没有，但是您本来是那么地想达到这样的目的。

安托万：您叫我“老兄”并不让我尴尬，很多人都这么叫。

保罗：我不会再这样了。

皮埃尔：这家伙真是个了不起的大好人。

埃莱娜：我们要比原定计划提前出发……

安娜：我们从来不聊起的那个女孩怎么了呢？

皮埃尔：你们都发火了，我们什么都谈不了了。

安娜：我们从来不提起的那个大女儿怎么了？

保罗：你别掺和进来。

安娜：她怎么了？

保罗：老天啊！你是要重复一个小时吗？她怎么了？她怎么了？我们不知道，你满意了吧？我们什么都不知道。

安娜：她怎么了？

埃莱娜：我不知道。真的，我没有撒谎。

安托万：我们早点走吧。别管这些事儿了。钱，所有这些事儿，卖这栋房子。我们无所谓。

安娜：这位伟人什么都不想知道吗？

皮埃尔：您说啊，之前没听到您说了什么，这样倒是挺好的……

埃莱娜：你换种语气跟他说话。

皮埃尔：我想对谁怎么说就怎么说。

保罗：听着，埃莱娜，你需要这些钱，你可以很好地跟他解释这些的……

埃莱娜：这不是一个很好的主意。我们换别的方式来处理吧。我们并不需要，真的。没有它我们也过到了今天，又怎么样呢？不是什么生死攸关的东西。

皮埃尔：注意了，我之前什么都同意的，我没有提出任何问题，不要又开始暗示这是因为我的原因……

埃莱娜：闭嘴！

皮埃尔：真是不可思议，她刚刚又说了“闭嘴”，她对所有人说“闭嘴”，她只会说这个了……算了，这我无所谓。

保罗：我也是，我希望你已经注意到了，我什么都没有反对……

安娜：这男孩随和过头了吧？

保罗：你为什么这么说？是的，就是他，在那里，另一个……

安娜：别叫他另一个。

安托万：我正要这么说。

（……）

皮埃尔：你们要走了？

安娜：是的，这样更好，他是这么说的。

皮埃尔：他应该有什么要签字的，一份财务清单。我猜想本来准备了一份财务清单。他们喜欢这样，算账，列清单……你们怎么想的？你们有权利想。

安娜：我不知道。这个和我无关。这不关我的事。

皮埃尔：这是您的丈夫，您丈夫的事情，这也和您有关，是家庭的财产。

安娜：您不是一个好人……

皮埃尔：这我已经听过了。您能不能有点创意……好的。对不起，您本来想说什么，想要补充什么东西吗？作为总结？类似结论之类，我一眼就看出来了。

安娜：是的。为了把事情了结，我不知道我做得好不好……或许我不懂得怎么清楚地表达……也有可能是我搞错了……

皮埃尔：家庭主妇像爬楼梯一样无穷无尽、形而上学的追问。

安娜：您能再说一遍吗？

啊，是的。您觉得这很好笑。

显然您觉得我很蠢，不太有文化，在大家面前说不来什么话……

那么您，您又是什么样子呢？您这些漂亮的句子，“大才子”的您又变成什么样了呢？总是用您这一贯喋喋不休、愚蠢可笑、不痛不痒的——那么不痛不痒——完全没用的不痛不痒的冷嘲热讽！您从来都跳不出这些。有时候，您应该为说不出任何一个友善的、不带任何含沙射影的词而感到遗憾，但是太迟了，您不得不开玩笑，必须永远不停地去伤害别人。

皮埃尔：作为总结吗？

我本以为我明白了……

安娜：是的。

我本想再谈论他一下的，关于保罗。我们要走了。在我们结婚的时候，他没有通知您，一句话、一封信都没有，也许这样让您很难过……

这有点过时了，这种担心礼数不周，觉得自己本来应该做什么，写信之类的想法。不管您的生活过去怎样影响了三个人，您知道在他内心深处，他是多么喜欢任何事情在任何情况下都要注重形式、遵守规矩。

而您，您似乎对一切都是那么的无动于衷，不管是对人对物对事情，或许我们的婚礼也是一样，您也随它去，没有任何的意见。

我不知道。

我想说的是：您必须理解这个，您对他的误解让我觉得不安。很长时间他都想着您。我并不想要冒失地说什么，替他说话，但他经常想到您因为您是属于那些，在他的生命中的人……

他挺不幸的，是这样的，挺不幸的，因为如今你们之间的距离。您不回信，而且您还假装旅行出去了。那不是真的，当然了，他很清楚，但是对此他无能为力。有时候，不管用什么方法，您都应该回应他一下。这就是我想说的话。

皮埃尔：我经常不在。

安娜：是的。我说的是这个。

他也许害怕有一天连您死了都不通知到他。

皮埃尔：这又怎么样呢？这已经过去了，结束了，完结了。我们不要再谈这个了。

您想要我理解的是，他是个正派的小子，只不过情况比较困难，也比较棘手。

那我们就承认我明白了所有这些吧。

你们走吧，让我静静。

（……）

皮埃尔：我本来相信了你不过是来跟我简单说几句的。最后却是长篇独白，发自肺腑的宣言。总算说出了心底的话，累积在脑子里面的坏念头。

保罗：别说了。

我们走吧，你多保重。

皮埃尔：这是最糟糕的事情。

保罗：你想要我说什么呢？说到底，是的，你从来不爱任何人，你总是什么都想要听到……然后，那又怎么样了呢？

皮埃尔：总是放弃，躲起来，在这边。过于害怕事情会变糟糕。

你开的是什么车？

保罗：别硬撑了。再见。

皮埃尔：那么，钱，所有这些，屋顶，我们共同的财产呢？……

保罗：如果你改变主意，如果你们在任何一个解决方案上面达成共识，埃莱娜和你，我跟她说过了，我都会同意的，我不会制造任何的麻烦，我无所谓——我一直都无所谓的。你们可以写信给我，我想由律师、公证人来解决这种事情的。

我再也不会踏进这里一步。现在我明白了。她有我的地址。

皮埃尔：维持和平。安静地生活，逃离……

保罗：算了吧，都是些空话……

（……）

丽思：这真是很棒的一天。乡村、乡村的空气、花园、小鸟，带给人活力、带给人活力的一天。

安托万：好了，我跟你们说再见了，我很高兴见到你们，跟你们认识……

安娜：是吗？真抱歉。再见。你们马上要走了？是吗？

安托万：我明天要上班。

安娜：路上小心。

安托万：好了，我跟你们说再见了，我很高兴见到你们，跟你们认识……

皮埃尔：是的。我也是。

埃莱娜不在吗？她在哪里？她没有说再见，我搞错了，她没有跟任何人说再见。

她跟所有人说“闭嘴”，却没有跟任何人说“再见”。她其实可以说再见的。

她没有说再见吧？

保罗：有的。她刚才跟我说再见了。

皮埃尔：我确定她没有。你像这样待在这里，像一条丧家犬，但是她什么都没有跟你说……

安托万：她有点累了，而且我们还得开很多公里的路。晚上的环城路，您不知道，但是……好吧。

我很高兴见到你们，在这里的所有人，跟你们认识……

对他们说“再见”，丽思。

保罗：她对我说过了，这没什么要紧的。我们走吧。

丽思：再见，再见，再见，再见还有再见。

安娜：她什么都没有对你说。她在你眼皮底下经过却连一个字都没有对你说。你在扯什么呀？

保罗：你别掺和进来了，算了吧。

皮埃尔：我很确定。

安托万：好吧。好了，我跟你们说再见，我很……

保罗：是的，我们也是。

皮埃尔：这样不好，她不应该这样，不能这样。她应该要跟你说句话的，她这样对你是不对的。

保罗：这不关你的事，这是我的事情。

安娜：我没对你做什么，别用这种口气对我说话！

皮埃尔（对丽思）**：**告诉你妈妈这样的行为是不对的。她应该在走之前对那个人说句话的。

丽思：我什么都不会对她说的。如果您有什么要对她说的，您自己对她说吧。